AF561456

NABUCHODONOSOR

TRAGÉDIE DE NICCOLINI

TRADUITE EN VERS FRANÇAIS

PAR

LE PRINCE PIERRE-NAPOLÉON BONAPARTE.

PARIS

IMPRIMERIE ADMINISTRATIVE DE PAUL DUPONT,

Rue de Grenelle-Saint-Honoré, 45.

1861

PERSONNAGES.

NABUCHODONOSOR, roi d'Assyrie.
VASTIS, mère de Nabuchodonosor.
AMITI, femme de Nabuchodonosor, et fille de Darius, roi des Mèdes.
MITRANE, grand prêtre de Bélus.
ASPHÈNE, lieutenant de Nabuchodonosor.
ARSACE, satrape assyrien.
SATRAPES, MAGES.

Au premier, au second et au troisième acte, la scène est dans une salle du palais de Nabuchodonosor, à Babel. Au quatrième et au cinquième acte, le théâtre représente un souterrain que traverse un rameau de l'Euphrate. On y voit le tombeau de l'ancien roi, condamné à mort par les Assyriens, et celui de son neveu, exécuté par ordre de Nabuchodonosor.

NABUCHODONOSOR

TRAGÉDIE DE NICCOLINI.

ACTE PREMIER.

SCÈNE PREMIÈRE.

VASTIS, AMITI.

VASTIS.

O toi, plus grande encor que ton sexe et ton rang,
Fille auguste des rois, dont tu transmets le sang
Au fils d'un plébéien que couronna la guerre;

O toi dont l'hyménée a réjoui la terre,
Tu gémis avec nous qu'un hiver rigoureux,
Au cœur de la Scythie, ait accablé nos preux.
L'Asie assemble enfin ces nombreuses armées,
Que dans tant de combats nous avons décimées;
Nos plus fiers ennemis sont nos amis connus,
Les plus haineux sont ceux qui rampèrent le plus...
Quand mon fils revenait, vainqueur, à Babylone,
Une foule de rois assiégeait de son trône
Les gradins redoutés, et se payait d'un mot
Que le maître daignait leur octroyer d'en haut;
Mais aujourd'hui pour Tyr, qui les prend à ses gages,
Ils luttent sans pudeur... nous poursuivent d'outrages...

AMITI.

Tu pleures sur ton fils, et mon cœur tout meurtri
Pour mon père à la fois saigne et pour mon mari.
Sans remords, vers les Dieux ta prière s'élève,
Pour qu'ils rendent encor la victoire à ce glaive,
Dont l'invincible éclair à ton pays natal
De tout peuple voisin allait faire un vassal;
Et moi, femme sans foi, fille pusillanime,
Désormais je ne puis former un vœu sans crime.

VASTIS.

Oui, c'est vrai, tes malheurs sont cruels et certains.
Pour ton père, ou mon fils, tes vœux sont inhumains.
Tant qu'entre eux indécis pendra le sort des armes,
Tu pourras avec moi donner cours à tes larmes;
Mais bientôt, quel qu'il soit, le vainqueur orgueilleux
Dira : Réjouis-toi, femme, car je le veux!

AMITI.

Maudirai-je l'instant où je devins féconde?
Je n'ai pu conjurer cette lutte du monde,
Et si je n'avais eu mon enfant à chérir,
Parents dénaturés, j'aurais bien su mourir!
Mon trépas eût brisé ce nœud qui m'épouvante.
Le glaive fût tombé de votre main sanglante;
Ou bien, si vous aviez poursuivi vos combats,
Le crime eût été moindre, ô cruels potentats!

VASTIS.

Ma fille, c'est à moi que la mort était due.

C'est le fruit de mon sein, hélas! qui t'a perdue.
Ornement et soutien de cette triste cour,
Tu fais son seul espoir de salut en ce jour.
Le ciel même ne peut apaiser tant de haine,
Ni désarmer ces bras, si ta prière est vaine.

AMITI.

Les peuples que ton fils a si souvent défaits,
Quand je vins à Babel espérèrent la paix;
Mais fuyant mes baisers, et désertant ma couche,
Pour désoler la terre, il bondit plus farouche.
Je ne le changeai pas, je lui nuisis. Les pleurs
Des femmes d'Assyrie accusaient vos malheurs,
Le jour que je reçus votre premier hommage.
Le fourbe Égyptien les frappait de veuvage.
Après tant de succès, blessés dans votre orgueil,
Vous attristiez les nuits par vos longs cris de deuil.
Je voyais poindre au loin bien d'autres hécatombes.
Déjà, je commençais à régner sur des tombes;
Et pour don nuptial, les rayons du soleil
Éclairaient un revers, à mon premier réveil.
Ce retour imprévu fut un trait de lumière

Pour l'esprit abattu des tyrans de la terre...
Vous espérez en moi? Mais leur ressentiment
Avait présidé seul à mon couronnement.
A leurs yeux, mon hymen constitue un outrage.
Je ne suis qu'une hostie offerte en mariage.
Leurs fureurs m'ont suivie, et c'est moi qui vous vaux
Votre sol envahi, le Scythe et ses fléaux.
Les rois en immolant leur fille en sacrifice,
Ont apaisé le ciel, et l'ont rendu propice
A leurs souhaits vengeurs. Désormais, tous les Dieux
Écartent leur concours de ton fils glorieux.

VASTIS.

Tu le plains, ce héros! Injuste envers toi-même,
Tu ne l'accuses pas de ton malheur extrême;
Mais si le sort est las, si son joug absolu
Fatigue les humains, c'est lui qui l'a voulu.
N'avait-il pas assez de gloire et de puissance,
Quand tu nous apparus, ange de délivrance?...
Et moi, sur mon déclin, j'avais envisagé
Un moment de répit pour ce cœur affligé,
Une tombe assurée, une larme, ô ma fille,

Mêlée aux pleurs des miens, ta nouvelle famille!...
Mais le Destin me garde un avenir moins doux.
Sur mon fils et les siens, déjà, dans son courroux,
Il étend sa rigueur, déjà sa foudre gronde;
Aucun de nous ne doit être heureux en ce monde.
Dieux cléments, sauvez-la! Bravant tous les périls,
Les monarques ligués enlèveront son fils.
O fils infortuné que je connus à peine,
De la gloire du mien porteras-tu la peine?

AMITI.

Si cet excès d'horreur est à craindre pour lui,
Si mon père devait le laisser sans appui,
Puisse de mon époux la marche triomphale
Retentir de nouveau dans ma cité natale!
Dieux! que dis-je? Donnez la palme du vainqueur
A celui qui pardonne, et fait grâce au malheur

VASTIS.

Les rois pardonnent-ils? Attends. La destinée
Des combattans bientôt se sera dessinée.

Alors tu me diras lequel est modéré,
Lequel est moins coupable, et moins dénaturé.
Tu ne m'aveugles pas, tendresse maternelle;
Aux excès de mon fils toujours je fus rebelle,
Mais je ne vois partout que piéges et dangers.
S'il ajoute aux échecs des soldats étrangers,
S'il les défait encor, ses hauts faits militaires
L'entraîneront toujours aux luttes téméraires;
Mais si tant d'ennemis l'accablent à la fin,
Du grand homme vaincu quel sera le destin?
Ils paraîtront géans ces farouches pygmées,
Hissés sur les débris de ses grandes armées.
Cruels dans le succès, lâches dans les revers,
Leurs crimes cauteleux rempliront l'univers,
Et ton fils.....

AMITI.

Ah! tais-toi, ma terreur te devine.

VASTIS.

Plus que les rois je crains la colère divine,

Du jour où le pontife auguste de Bélus
Passa du temple saint aux chaînes d'un reclus.
Les Dieux sont avec lui. Les regards de l'Asie,
Atteinte dans sa foi, d'épouvante saisie,
Ont vu le grand Mitrane à l'autel arraché
Par mon fils que ses pleurs n'ont pas même touché.
Ses cheveux blancs n'ont pu le défendre. Peut-être,
L'inflexible Bélus, pour venger son grand prêtre,
Amoncelle l'orage et prépare ses coups.
Déjà la nuit se fait autour de ton époux.
Le trouble est dans son cœur, il glace son génie,
Et sa faute ne peut demeurer impunie.

AMITI.

La victoire est, sans doute, à cette heure, avec lui.

VASTIS.

Non, ma fille, à jamais de son camp elle a fui.
Le Dieu puissant qui plane au-dessus du tonnerre,
Dans les rangs ennemis agite sa bannière.

Sa voix, faisant appel aux peuples qu'elle unit,
Au sein de la nuée éclate et retentit,
Et le monde, obsédé d'un belliqueux vertige,
S'est armé contre nous ; c'est Dieu qui le dirige.

SCÈNE DEUXIÈME.

VASTIS, AMITI, ASPHÈNE.

VASTIS.

Asphène nous arrive. Il revient des combats.

AMITI.

Et je lis dans ses yeux le sort de nos soldats.

VASTIS.

Qu'annonces-tu? mon fils...

AMITI.

Mon époux... dis... Mon père...

VASTIS.

Mon fils est mort!

ASPHÈNE.

Il vit.

VASTIS.

Quoi! prisonnier de guerre...

ASPHÈNE.

Madame, il est vaincu, mais par la trahison.
Les rois, dont le succès a troublé la raison,
Ne croient pas au hasard qui de lui les délivre,
N'osent pas le presser, n'osent pas le poursuivre.
La fraude, la valeur et l'onde ont combattu.
O Tanaïs sanglant, que n'engloutissais-tu,
De ce noble pays, ô douleur éternelle!
Notre héroïque armée, et qui gémit pour elle?

VASTIS.

Achève. Que je sois la première à pleurer
Sur les maux qu'il nous faut désormais endurer.
Après, me confinant au fond d'une retraite,
Je m'en irai cacher ma tristesse muette,
Si toutefois il est quelque part un abri,
Où du pays en deuil n'arrive pas le cri.
Ce cri de désespoir, je l'entends, il indique
Mon sein maudit, hélas! à la douleur publique;
Et tout bruit du dehors me semble maintenant
Une mère éplorée appelant son enfant.

ASPHÈNE.

Jamais tant d'ennemis assemblés par la haine,
N'étaient contre nos preux descendus dans l'arène.
En tête, en queue, en flanc, combattant de concert,
De bataillons pressés le sol était couvert.
Tous, pour nous harceler, avaient trouvé des ailes.
Nos amis clair-semés tremblaient d'être fidèles;
Ils attendaient l'instant de nous manquer de foi,
Et chacun augurait la mort de notre roi.

AMITI.

Ma terreur pressentait qu'un jour émancipée,
De sa chaîne l'Asie aurait fait une épée.

VASTIS.

Je le sais; dédaigneux des angoisses d'autrui,
Le roi nous en voulut de nos craintes pour lui.

ASPHÈNE.

Je poursuis : le jour naît, c'est le jour qui décide
Du sort des nations par un choc homicide.
Notre fameux drapeau sera notre linceul,
Ou les peuples vaincus auront un maître seul.
Sous mille chefs divers, la barbare cohue
D'innombrables guerriers sur nos piques se rue.
L'océan irrité, se heurtant contre un roc,
Est moins impétueux que cet horrible choc;
Mais nos vieux fantassins, orgueil de l'Assyrie,

De ces flots soulevés émoussent la furie.
Contre eux nos vétérans sont un vivant rempart.
A leur nombre, à leur rage opposant tout son art,
Ton fils va triompher. La terreur surhumaine,
Qui marche sur les pas de ce grand capitaine,
Fascine l'ennemi, qui cède à nos efforts
Un sol ensanglanté, disparu sous ses morts.

Tout à coup, la phalange infâme d'Idumée,
Qui formait, par malheur, une aile de l'armée,
Se tourne contre nous et dégarnit nos flancs.
Sans nous déconcerter, nous reformons nos rangs,
Et le combat revêt une nouvelle face.
Ce surcroît d'ennemis augmente notre audace.
Qu'est-ce que le danger pour le roi? Qui l'a vu
Hésiter un instant, ou pris au dépourvu?
Les transfuges, pour prix de leur ignominie,
Le voient multiplier l'essor de son génie.
La victoire le suit... Mais un nouveau félon,
Le vil Arménien, type de trahison,
Qui partage avec nous les trésors et la haine
Des Mèdes spoliés, à son tour leur amène
Ses soldats exercés. Par nos soins aguerris

Au contact des héros, dont ils avaient appris
A vaincre parmi nous, en bons auxiliaires,
Ces lâches ont osé passer aux adversaires.

AMITI.

Jadis l'Arménien, dans sa déloyauté,
A faussé le serment qu'il nous avait prêté,
Et trahi Darius; maintenant il délaisse
Son allié d'hier qu'il voit dans la détresse.

ASPHÈNE.

A sa tâche pourtant le roi n'a point failli.
Un éclair de dédain de ses yeux a jailli;
Et de tous les côtés a la fois faisant tête,
Il marche avec la mort et brave la tempête.
Terrible et menaçant, il franchit à pas lents
Le pont du Tanaïs, et dans ses flots sanglants
Repoussant confondus les alliés du Mède,
Il lutte, et l'on ne sait s'il résiste ou s'il cède.

J'arrive à l'autre bord, je regarde; soudain,

Sous les pieds de nos gens le sol tremble incertain;
Et le pont qui fléchit par le poids de la foule,
Dans le gouffre béant avec elle s'écroule.
L'onde, que si longtemps en dompteur il franchit,
Se dresse furieuse, écume et l'engloutit.
Le Scythe triomphant pousse son cri de guerre.
Autour de lui le gros des ennemis se serre,
Et bientôt nos soldats, hésitans et surpris,
N'opposent aux vainqueurs que d'informes débris.
La voix des chefs se perd. Il n'est plus de tactique.
Les glaives, arrachés par la terreur panique,
Échappent à nos mains. Le sang de tout côté
Coule. On ne voit que morts, fuite, captivité.
Ici, c'est un soldat qui des Scythes qu'il brave,
A refusé quartier, et sait mourir en brave.
Là, c'est un vétéran, honneur de nos drapeaux,
Qui changeant de trépas, disparaît sous les eaux.
C'est un prince, plus loin, capitaine d'élite,
Qui dans l'affreux courant, blessé, se précipite.
La poudre des combats, en aval, en amont,
Enveloppe les bords du fleuve, et les confond;
Et du sein ténébreux du sinistre nuage
S'exhale un long concert de douleur et de rage.

VASTIS.

Achève, conseiller de malheur; vante-toi
Du succès des avis que tu donnais au roi.

ASPHÈNE.

Qui donc se fût chargé de lui parler de trève,
Quand le monde ébloui n'adorait que son glaive?
Qui donc eût appelé les larmes dans ces yeux
Qui scrutent l'univers, et régentent les Dieux?
Un désastre pouvait exciter sa colère,
Mais il est impuissant à mouiller sa paupière.

AMITI.

Oh! ne l'accable pas, ma mère; le respect,
La majesté du rang, l'avaient rendu muet.

VASTIS.

Ma fille, apprends de moi que les vils courtisans

Craignent la vérité, la cachent aux puissans;
La franchise, pour eux, ne conduit qu'à l'abîme;
La force, c'est leur droit; et leur loi, c'est le crime;
La raison, une insulte.... O mon fils, je vois bien
Qu'ici-bas, désormais, tu n'espères plus rien.
Artisans de malheur, tes plus humbles esclaves
Te cèdent à présent leurs fautes les plus graves!

Asphène, souviens-toi du jour où vainement
Prosternée à ses pieds, au lieu d'être clément,
Je le vis sans pitié, cédant à ta parole,
Par un assassinat ternir son auréole.
Quand le maître hésitant eut donné le signal,
Tu courus assouvir ta soif du sang royal,
Aussi prompt à remplir ta charge meurtrière
Que s'il se fût agi d'une lutte guerrière.
Avais-tu craint qu'un autre, avant toi, ne conquît
La faveur du monarque, en tuant le proscrit?

ASPHÈNE.

Vastis, écoute-moi : si jamais la puissance
Des despotes devait égaler leur clémence;

Quand ils confesseront leur ruse et leurs détours,
Le monde sera libre, il n'aura plus de Cours.
A quoi bon m'appeler esclave sanguinaire,
En parlant d'une faute ancienne et nécessaire,
Quand je vais adoucir ton désespoir cruel?...
Le trône aujourd'hui fait sa paix avec l'autel.

AMITI.

Quoi! Mitrane viendrait, calme, exempt de rancune,
S'incliner noblement devant tant d'infortune?

ASPHÈNE.

Il viendra.

AMITI.

Je respire! Au séjour radieux
Ma prière est montée, où résident les Dieux.
Volons près du saint homme, et s'il nous accompagne,
Allons droit aux guerriers qui tiennent la campagne.

J'apaiserai mon père ; et toi, de mon époux,
Mère, tu parviendras à fléchir le courroux.
Alors, Mitrane, au nom du ciel et de la terre,
Implorera la paix et maudira la guerre,
Par l'affreux désespoir des humains condamnés
A féconder de sang leurs champs abandonnés;
Et ces fiers combattans, émus à sa voix sainte,
Se presseront la main dans une heureuse étreinte.

VASTIS.

Allons à sa rencontre, et que par moi d'abord,
Ses pas soient dirigés vers ce loyal accord.
Tout mon être est rempli d'une douce espérance,
Asphène, et je ne puis nourrir de défiance;
Mais, si vous prétendiez, par l'astuce, avilir
Celui que vos fureurs n'ont point fait tressaillir,
Je sais le châtiment que l'avenir vous garde.

AMITI.

Oh! de grâce, ma mère, avertis-les.

VASTIS.

Regarde
Le soleil... Parfois, au sein des plus beaux jours,
Les vapeurs de la terre offusquent ses contours :
Mais, tout à coup, vainqueur, il perce les nuages,
Et s'élève éclatant au-dessus des orages.

SCÈNE TROISIÈME.

NABUCHODONOSOR, AMITI, ASPHÈNE.

AMITI.

Salut à mon époux.

NABUCHODONOSOR.

Salut. Cache tes pleurs,
Car rien en nous ne doit révéler nos malheurs.
Ta gloire, désormais, est sûre, je l'atteste;
Que le sort nous sépare, eh bien! mon nom te reste;
Et la postérité te connaîtra bien mieux
Par ta chute avec moi que pour tous tes aïeux.
Rappelle toute en toi la force de ton âme;
Va, femme, je te suis, notre enfant te réclame.

SCÈNE QUATRIÈME.

NABUCHODONOSOR, ASPHÈNE.

NABUCHODONOSOR.

D'un désastre inouï je subis tout le poids.
La fortune inconstante arrête mes exploits.
Sans redouter ses coups, je brave l'infidelle;
J'ai reçu ses faveurs, je suis au-dessus d'elle.
Dans le gouffre qui va sous mes pas s'entr'ouvrir,
Moi seul je puis plonger le regard sans pâlir.

ASPHÈNE.

Seigneur, la destinée inflexible t'opprime,
Mais tu peux la changer par un effort sublime.
Tu peux te relever plus terrible et plus grand.

L'Asie admire en toi, toujours, son conquérant:
Elle éprouve à ta vue une terreur profonde,
Et même en succombant, tu menaces le monde.
Tu dis que la fortune entrave ton essor,
Mais pouvais-tu compter de t'élever encor,
Après tant de hauts faits, qui tiennent du prodige?...
De ton nom le malheur accroîtra le prestige.

NABUCHODONOSOR.

On me verra toujours indompté. Le flambeau
De l'histoire fera resplendir mon tombeau
D'un éclat plus durable et plus pur que n'en donne
Aux rois coalisés leur inepte couronne.
Pourquoi l'Assyrien, contempteur de la mort,
Fléchit à la première inconstance du sort!
Ah! s'il me ressemblait, s'il n'était point volage,
S'il ne s'enivrait pas de proie et de carnage,
Aurait-il supputé, dans vos oiseux débats,
Combien tous nos lauriers ont coûté de soldats?
De ses sanglans succès il sait me rendre grâce,
Tant que l'or du butin dans nos cités s'entasse;
Mais dès que l'ennemi triomphe par hasard,

Vous blasphémez la main qui tient votre étendard.
La lâcheté des rois étant leur sauvegarde,
Ils ont imaginé cette audace bâtarde,
Qui consiste à voiler leur glaive déloyal
Sous un semblant de paix, qui vous sera fatal !
Ils offrent le repos (misérable artifice)
Au pays dont je fus le glorieux complice ;
Et s'en vont répétant, en l'appelant martyr,
Que c'est moi, son tyran, qu'il faut anéantir...
Mais est-il un soldat, un homme en Assyrie,
Qui sépare mon sort du sort de la patrie ?

ASPHÈNE.

O roi, l'Assyrien, vaincu par la terreur,
Est descendu si bas, dans sa subite peur,
Que l'esprit belliqueux qui le possède encore,
Se tait, et qu'il subit l'étranger qu'il abhorre.
Mais ceux qu'ont distingués l'idée et l'action,
Ne comprendront jamais que leur défection
Puisse les protéger, tandis que l'on t'isole.

NABUCHODONOSOR.

Le choix de mon pays m'en a fait le symbole,

Ami. Toi qui m'as vu gravir en conquérant
Les gradins périlleux qui mènent à mon rang.
Tu diras que je sus éviter cette lice
Où le vertige prend, où dans le sang on glisse.
Un sceptre était tombé, qui vous semblait perdu:
Je l'ai pris sous vos pieds, et je vous l'ai rendu;
Vous me l'avez laissé, non sans regret peut-être.
L'autorité, l'épée étaient ma raison d'être;
Et jugeant le pays, par des succès lointains
Je voulus compenser tous ses droits incertains.
Aux envahissements la route fut ouverte.
Si les rois consternés méditèrent ma perte,
Moi, de les avilir j'avais fait le serment.
Ils étaient au-dessous de mon ressentiment.
Ils disaient : C'est la paix qu'il cherche sur un trône;
Il cache ses lauriers sous l'or de sa couronne;
Aux armes!... Mais ce cri m'était trop familier.
Il remua soudain mon instinct de guerrier.
Mon peuple me suivit, inassouvi de gloire.
J'arrivai, je les vis, et j'obtins la victoire.
D'un généreux pardon je les couvris après.
Je n'avais pas encor vu les rois d'aussi près.
Ma volonté pouvait découronner leur tête.
Ils tremblaient, ils parlaient plus bas que leur défaite.

Le Scythe que mes maux illustrent aujourd'hui,
Par ma grâce soustrait à nos coups, avait fui.
En proie au repentir, pris d'une honte extrême,
Je voulus de mon casque ôter le diadème;
Mais de qui règne ici l'obéissance est le lot.

ASPHÈNE.

Roi, la postérité ne peut te faire défaut.
Que l'aveugle destin élève les infimes
Au niveau d'un héros, qu'il t'entraîne aux abîmes,
Il n'abaissera pas, sous ses absurdes lois,
Un nom que l'univers met au-dessus des rois.

NABUCHODONOSOR.

Tu me connais, ami; tu me parles en sage :
Je voulais amoindrir la honte du servage.
Je voulais, modérant l'empire universel,
Régner sur les humains comme les Dieux au ciel.

Je n'ai pas gouverné par des moyens vulgaires.

L'un par l'autre, j'ai su dompter mes adversaires.
Ils venaient parader, humbles, dans mon palais.
Battus et divisés, ils acceptaient la paix;
Et quand le bien public en indiquait le terme,
Quand de nouveaux combats était éclos le germe,
Sans soldats, sans remparts, sans renom, sans trésor,
Je les laissais régner pour les punir encor.
En haine à leur pays, suspects à ma couronne,
Leurs yeux pleins de terreur tournés vers Babylone,
Satellites impurs brûlés par le soleil,
Ils m'offraient des traités, ils briguaient un conseil,
Mendiaient un éloge; et l'espoir, et la crainte
Les tenant asservis sous ma virile étreinte,
Chacun d'eux, subjugué, récalcitrant, abject,
Résigné, triste ou gai, tremblait à mon aspect.

La fille de Sidon, Tyr, odieuse émule,
Que tout méfait séduit, et laisse sans scrupule,
Et qui connaît le prix des trahisons des rois,
Bien soldés, contre nous, les ameuta parfois;
Mais en vain! Elle a vu mes vieux soldats s'abattre
Sur eux, les disperser sans même les combattre;
Et quand ils me croyaient occupé d'autres soins,

Pour les exterminer je les avais rejoints.
Ainsi le feu du ciel, dans sa course imprévue,
Surprend, un jour serein, sa victime éperdue.

Cependant, à ces coups de tonnerre il fallait
Ajouter en Scythie un triomphe complet.
Ce succès m'eût donné le pouvoir sans mélange.
Il ensevelissait tous les rois dans leur fange,
Aux applaudissemens du peuple et des guerriers.
L'empire universel consacrait mes lauriers.
Les lâches, les ingrats, les traîtres, la sottise
Pouvaient seuls entraver cette haute entreprise.

L'univers abusé, que l'on dit affranchi,
Au sort qu'on lui prépare, a-t-il bien réfléchi?
Et croit-il que les rois qui comptent tant d'ancêtres,
Le péril conjuré, seront de meilleurs maîtres?

Si mon joug est brisé, dans un délai très-court
On le regrettera, sous un autre plus lourd.

Asie, ô vile esclave à mes lois dérobée!
A mes pieds, de nouveau, je te verrai courbée;

Car si l'empire échappe un jour à mon pouvoir,
Il est dans mon essence, il est dans mon vouloir.
Celui qui le créa, seul peut le dissoudre
En tombant avec lui, mais en lançant la foudre
Fidèle au plus terrible et vaste écroulement
Que les Dieux aient permis sous notre firmament.

Et si je redoutais l'épreuve des revers,
Je saurais m'imposer à ces humains pervers,
Rappeler mes hauts faits, en retrouver la trace,
Reconquérir le monde, en transformer la face!

ASPHÈNE.

J'ai prévu tes projets, approuvé tes moyens;
Tes vœux et tes dangers toujours furent les miens.

NABUCHODONOSOR.

Du jour où mon pouvoir par un meurtre affermi,
Te dut ce triste éclat, je devins ton ami.
Vassal et souverain, complices d'un tel acte,

Se sentaient à jamais liés au même pacte.
J'ai foi dans le serment qu'Asphène m'a prêté,
Et tes bons conseils sont pétris de loyauté.
Je le sais, je t'écoute.

ASPHÈNE.

Eh bien ! c'est le mystère,
Le mensonge, la peur, qui des rois de la terre
Longtemps aux nations ont dérobé les traits,
En les enveloppant de nuages épais ;
Mais arrachés par toi de l'odieux pinacle,
Où de leur ineptie ils donnaient le spectacle,
Ils se drapent en vain dans leur stupide orgueil.
L'adversité qui vient de frapper à leur seuil,
Souille leurs oripeaux, les flétrit, les entraîne
Dans l'abîme sans fond de l'infortune humaine,
A ce point que l'Asie, au lieu de les haïr,
Sent la compassion bien près de l'envahir.

Pendant que la pitié désarme le reproche,
Les serfs et les tyrans, que la haine rapproche,

Paraissent oublier tout grief importun,
Egaux par la terreur de l'ennemi commun.

NABUCHODONOSOR.

C'est vrai! Mais à la fin de cet accord sublime,
Le bourreau saura bien retrouver sa victime.

ASPHÈNE.

Pourtant, ceux qui tuaient plus d'un bon citoyen,
Ceux qui naguère encor, quoique n'espérant rien,
D'un exécrable règne arrivés presqu'au terme,
N'en appelaient qu'au fer contre le droit inerme,
Prodiguent les serments, promettent des bienfaits,
Et vont plaider leur cause auprès de leurs sujets.
Que ne fais-tu comme eux, toi le plus intrépide?
Crains-tu que rassemblé, le peuple t'intimide?

NABUCHODONOSOR.

Pour craindre, nous avons trop longtemps combattu...

Certes, je ne veux suivre aucun sentier battu;
Et je méprise autant la licence des masses
Que l'opposition que font les hautes classes.
Par les armes, ici, tout conflit doit finir.
Je suis las de donner, je suis las de punir.
L'unique expédient qui convient à ma taille,
Pour forcer l'obéissance enfin, c'est la bataille.

ASPHÈNE.

Courons à la cité. Rassemblons les débris
De nos vieux combattans, tes fidèles amis.
Voyant autour de toi leurs redoutables files,
Les partis frémissans se montreront dociles;
Et le peuple insurgé, courant à ton appel,
Contre les étrangers, s'armera dans Babel.

Convoquant, en ton nom, les satrapes, les mages,
Je leur dévoilerai l'orgueil, les outrages
Des rois, et sans effort, ils seront convaincus
Qu'une paix mensongère achève les vaincus.
Les citoyens émus d'une sainte colère,
Jureront de mourir autour de ta bannière.

Sauvant une autre fois la patrie en danger.
Et seule contre tous, tu sauras la venger;
Tandis que l'univers verra dans ta victoire
Le favori des Dieux, complices de ta gloire.

NABUCHODONOSOR.

J'approuve ton avis. Comme moi, tu comprends
Ce qu'il nous faut oser. Va. Convoque les grands.
Sonde leurs sentimens, annonce que leur maitre
Rend à la liberté leur ami le grand prêtre.
Fais-le venir à moi; qu'on répande en tous lieux,
Que j'ai dompté l'orgueil de cet audacieux.
Sans doute, il fléchira. Ma paix avec le temple
Sera pour le vulgaire un salutaire exemple.
Avide comme il est d'événemens nouveaux,
Le peuple de Babel en oublira ses maux.
Encourage les forts, achète les avares,
Ranime les peureux, éclaire les ignares,
Promets, donne, éblouis, intimide au besoin.
La fortune le veut! Ne néglige aucun soin;
Le triomphe en dépend, et le but justifie
Les moyens que ton maître à ton zèle confie.

ACTE DEUXIÈME.

SCÈNE PREMIÈRE.

NABUCHODONOSOR, MITRANE.

MITRANE.

Sacrilége, pourquoi m'arracher à tes fers,
Et suspendre le cours de tes desseins pervers ?
Aurais-tu donc la foi ? Sous ton pied qui la foule,
Sens-tu que c'est le trône et non l'autel qui croule ?
Ne darde pas autant l'éclair de ton regard.
Sinon le prêtre, en moi respecte le vieillard.

Le malheur est sacré... mais si tu veux un crime
Qui les dépasse tous, égorge ta victime.

NABUCHODONOSOR.

Mitrane, en me bravant, tu veux être martyr...
Et moi, de ma rigueur je veux me départir.

MITRANE.

Toi clément? quel retour imprévu! C'est l'indice
Que tu veux m'imposer un plus grand sacrifice.

NABUCHODONOSOR.

Écoute : Tu te dis humble et pauvre, prophète,
Des mondaines grandeurs en aspirant au faîte ;
Et ne prétends-tu pas trôner de ton autel,
En subjuguant les rois sacrés au nom du ciel?
La bataille et le sang ne sont pas un vain spectre.
Ce n'est pas en priant que j'ai conquis mon sceptre.

Les vœux de ton état t'éloignent du péril,
Et ton rite pompeux n'est pas un art viril.
Ton âge, ta vertu, réelle, feinte ou vaine,
Du temple de Bélus t'ont donné le domaine.
Tu comptes des sujets, tu n'en défends aucun.
Pourquoi t'appelles-tu notre père commun,
Quand chaque mage, au gré d'une audace impunie,
Suivant son intérêt, nous prône ou nous renie?
Quand, au lieu de pourvoir au salut du bercail,
Vos avides pasteurs en sont l'épouvantail?

Votre édifice est grand, vos pontifes célèbres;
Mais dans leurs fastes saints que de pages funèbres!
Un pays infesté par vous perd sa vigueur,
Son peuple s'étiole, il périt de langueur,
Et, quels que soient vos dieux, vos doctrines sont telles
Qu'il vous faut dominer, ou devenir rebelles.

MITRANE.

Un monarque imprudent, fauteur d'impiété,
N'est que le détracteur de toute royauté.
Je ne veux point te rendre insulte pour insulte.

Le respect des puissans est perscrit par mon culte.
Parfois, nous gémissons de leurs déportemens,
Mais la main de Dieu seul garde les châtimens.
Tu hais mes cheveux blancs, parce que rien ne lave
Le juste auprès d'un roi qui veut qu'on soit esclave.
Ta rudesse repousse et tu ne comprends pas
La gloire qui n'a point pour source le trépas.
Non! les instincts brutaux ne font pas ma puissance;
Mais des mages Bélus sait prendre la défense.
La paix est ma vertu, mon principe vital;
Et ta pourpre est du sang sur un manteau royal.

NABUCHODONOSOR.

Irascible vieillard, dans ta colère outrée,
Oublîrais-tu ce front oint de l'huile sacrée?
Il est des souvenirs aux mages importuns :
N'avez-vous point pour moi brûlé tous vos parfums?

MITRANE.

Notre huile et notre encens n'ont pas sacré tes crimes.
Nous as-tu dévoilé tous tes projets intimes?

T'aurais-je ceint le glaive, et l'aurais-je béni,
Si j'avais pu prévoir que tu m'aurais banni,
Et que trompant les rois, les peuples, et moi-même,
De la guerre éternelle il deviendrait l'emblème?
Lorsque je t'exposais mes craintes pour la paix,
Tu les traitais de songe, et tu les dissipais.
Tu nous disais : Le mien n'est plus un peuple impie.
Fatigué de la lutte, il entend que j'expie,
En relevant le temple, en redorant l'autel,
Son irréligion, son passé criminel.
Le monde t'admirait, et fort de ta promesse,
Reprenait ses travaux; il vantait ta sagesse;
Heureux, il te voyait porté sur les pavois,
Étouffer la discorde, en nous donnant des lois,
L'ordre, l'égalité, les mœurs et la justice,
Redoutable aux méchans, aux bons toujours propice.
Je devais t'approuver, sans m'immiscer en rien
Aux vœux qui t'élevaient au trône assyrien.
Pour bénir le héros du vote populaire,
Je vins à ta rencontre au seuil du sanctuaire.
Mon esprit pénétré d'une sainte ferveur,
Sur toi de tous mes dieux appela la faveur.
Alors, à ton orgueil le temple et ses ministres
Parurent avilis, et tes regards sinistres,

Comme s'ils contemplaient un ennemi gisant,
S'abaissèrent sur nous et sur Bélus présent.
Sans arrêter tes pas, sans jurer sur le livre
Qui sous la loi des dieux nous commande de vivre,
Tu cours à la couronne, et ta main la saisit,
Comme si tu doutais que le ciel t'en ceignît.
Je ne vois pas en toi l'émotion profonde
D'un monarque pieux qui va juger le monde.
Tu sembles nous narguer, et ton sourire amer
Annonce aux assistans un maître au bras de fer.
Hautain, sans sourciller, tu dis d'une voix sourde :
Pontife de Bélus, cette couronne est lourde...
Comme si tu pouvais seul en porter le poids...
Et ta présomption disait vrai cette fois.
Elle est lourde, en effet, de nos fautes funestes,
Des larmes des mortels, des colères célestes,
Et du fléau divin qui devait nous punir
Par ton règne, ô tyran, par ton règne à venir.

NABUCHODONOSOR.

Aucun ordre, à Babel, ne doit primer l'épée.
Votre religion ne fut jamais trompée.

Pour plaire à mes sujets, je vous pris à ma cour,
Mais je pouvais sans vous compter sur leur amour.
Vos pompes augmentaient l'éclat de ma demeure;
Et bien que votre encens ne fût pour moi qu'un leurre,
Car j'avais deviné que vous aviez promis
D'aller, en temps et lieu, grossir mes ennemis,
Je voulus vous traiter en prêtres vénérables.
Mes soldats s'écriaient, en riant de vos fables :
Puisque le fer et l'or défendent notre élu,
Le concours des jongleurs nous paraît superflu.
Ils sont pour le plus fort, telle est leur renommée;
Ils seraient contre lui, s'il n'avait point d'armée.

MITRANE.

La force vient des Dieux. Quand ils sont offensés,
Les plus gros bataillons sont bientôt dispersés.
S'ils cachent, par moment, leurs fronts dans les nuages,
Ils se montrent, parfois, pour venger leurs outrages;
Et l'impie endurci, qui se croyait absous,
Effleuré par leur foudre, en poussière est dissous.
Qui donc à ta conquête imposa des limites?
Qui glaça tes guerriers dans les plaines des Scythes?

Qui donc de ces héros fit des aventuriers,
Dont un souffle d'hiver dessèche les lauriers?
Qui dit aux vents : Tombez, lorsqu'ils enflaient ta voile?
Hésite, à ta valeur : Pâlis, à ton étoile?
A genoux, incrédule! et reconnais la voix
Qui te crie : O fléau de tes Dieux, je te vois...
Ton empire est passé, regarde, il agonise;
C'est moi qui t'ai frappé, regarde, je te brise!
Il restera de toi ta poussière, tyran,
Et pour la balayer, j'enverrai l'ouragan.
Ton nom qui fut jadis l'honneur du diadème,
Est à jamais marqué du sceau de l'anathème...
O coursiers de Bélus!... vous entraînez son char
Vers le gouffre éclairé par le reflet blafard
Du lac incandescent aux ondes éternelles,
Où plongent dans le feu les âmes criminelles;
Et vous reparaissez, suivis par les éclairs,
Amenant la tempête et la nuit dans les airs.

NABUCHODONOSOR.

Attends-tu qu'un soldat tel que moi se dégrade
Jusqu'à croire aux écarts de ton cerveau malade?

J'ai vu la mort de près dans tant d'occasions,
Que je ne puis, vraiment, craindre tes visions.
J'abdiquerais le sceptre, et laisserais l'armure,
Plutôt que de céder à ta sainte imposture.
Pour qui règne les Dieux sont des êtres abstraits;
Et la réalité, c'est l'homme et ses forfaits.

MITRANE.

Ton dédain me confond, et s'il n'est point factice,
J'ai mérité tes fers, et le dernier supplice,
Pour avoir méconnu ton esprit égaré,
Novateur, subversif, et pour t'avoir sacré!

Réduit au cercle étroit que ton ordre m'assigne,
Mes vœux t'avaient suivi, car je t'en croyais digne,
Malgré tes bataillons, gardiens de mon palais;
Lorsque dans ma tribu, consacrée à la paix,
Tu lèves des soldats, dont le salaire épuise
L'or du temple; et bien loin que cela te suffise,
Les vierges de l'autel, et les mages divins,
Proscrits et spoliés, errent par les chemins.
Tes armes sont partout. Notre caste, étrangère

Jusque dans ses foyers, devenus le repaire
De tes pillards, n'a plus qu'un apparat de deuil,
Qui paraît entourer la prêtrise au cercueil.
Nos fêtes sont des jours d'opprobre et de risée.
Notre ancienne splendeur se trouve dépassée
Par le navrant excès des persécutions,
O désolation des désolations!

Le temple est profané. Tes forbans le dépouillent;
Et le plus vil parmi les larrons qui le souillent,
Tout couronné de fleurs, à des banquets s'assoit,
Où dans les vases saints, qu'il a volés, on boit.
Pour détourner de nous la colère céleste,
J'ai prié jour et nuit; et le peu qui me reste,
A soulagé des miens l'auguste pauvreté.
Mes joyaux, dérobés à la rapacité
De tes loups dévorans, n'ornent plus ma tiare,
Car je les ai donnés; mais l'aumône la pare,
O sainte charité, d'un tel rayonnement,
Qu'il éclipse l'argent, l'or et le diamant.

Tandis que le pouvoir de l'Église succombe,
De tous tes ennemis tu fais une hécatombe;

Et l'Asie enchaînée, étouffant un sanglot,
Est entraînée au cours de ton char au galop.
Tu prends sa triste voix pour un cri qui te flatte ;
Et ton extravagance aux yeux du monde éclate,
Car, pour faire oublier tes modestes aïeux,
Tes flatteurs ont osé te dire issu des Dieux.

Enfin, de tes cachots, j'ai connu les ténèbres.

NABUCHODONOSOR.

C'est par moi que tes jours sont devenus célèbres,
Et tes amis nombreux. N'étant qu'un prêtre obscur,
Tes luttes avec moi t'ont illustré, c'est sûr.
A l'ombre de l'autel tu croupissais sans gloire.
A tes vieux préjugés on ne voulait plus croire.
On les a respectés, te voyant si hardi;
Et tes adversités, depuis lors, t'ont grandi.
Provoque-moi, c'est bien, mais n'attends pas encore
Les éclats imprudens d'un courroux qui t'honore.
C'est un jeu périlleux. Il est temps d'en finir.
Je veux te pardonner, et non pas te punir.
Prêtre, faisons la paix; accueilles-en les gages :
Désormais, je serai le protecteur des mages.

MITRANE.

Roi, depuis quand l'agneau prend les arrhes du loup?
L'un tue impunément, et l'autre tend le cou.

NABUCHODONOSOR.

Ingrat! tu méconnais la bonté qui m'anime.

MITRANE.

Qui règne par l'épée, en protégeant opprime.
Je voudrais que les miens eussent manqué d'abri,
De vètemens, de pain, et qu'ils eussent péri,
Avant que d'avilir leur sacré caractère.
Ils ont prostitué leur pieux ministère,
Ils tremblent pour leur vie, et la plupart d'entre eux
Font ton apothéose au détriment des Dieux.
Hommage au plus offrant, leurs actions de grâces
Sont pour qui satisfait leurs appétits voraces.
Leur licence de mœurs est notoire; et tandis

Que, la pique à la main, tes affidés maudits,
Pour recruter leurs rangs, changent en satellites
Jusqu'aux adolescens réservés à nos rites,
Les accens scandaleux de notre hymne vénal
Étouffent les sanglots, et célèbrent le mal.

NABUCHODONOSOR.

Assez. Tu promettais de m'épargner l'injure,
Et ton outrecuidance a comblé la mesure.
Si d'attirer mes coups tu caresses l'espoir,
Tu te flattes en vain, car je croirais déchoir,
En frappant un vieillard, un ennemi débile,
Haineux, mais impuissant. Aux armes inhabile,
Rentre dans ta tannière, orgueilleux, et dis-moi
Quel prodige Bélus enfantera pour toi.

MITRANE.

Son prodige est flagrant, sa faveur me seconde,
Puisque je t'ai bravé, toi, la terreur du monde.

SCÈNE DEUXIÈME.

NABUCHODONOSOR.

Le perdre, en maintenant son culte vermoulu,
Me paraît, pour le moins, un acte superflu.
Il rampa trop longtemps pour que je le respecte ;
Mais plus indépendant, plus digne que sa secte,
J'aurais moins de mépris, et plus d'égards pour lui,
Si ma crédulité ne m'avait déjà nui.
Le temple est le soutien d'un despote vulgaire.
Sa mystique influence à mes droits est contraire,
Car je les tiens de Dieux qui ne se cachent point :
Le peuple, et mon épée. Or, je n'ai nul besoin

Des prêtres, ni de leurs louanges de commande.
Un soldat ne doit pas tromper, mais il commande.
La force de mon règne est le soutien réel ;
Sans elle, il finirait, avec ou sans l'autel.

SCÈNE TROISIÈME.

NABUCHODONOSOR, ASPHÈNE.

ASPHÈNE.

Seigneur…

NABUCHODONOSOR.

Ami, ton air préoccupé m'annonce
Que contre moi Babel, sans doute, se prononce.
Lorsque nous succombons, veut-elle s'insurger ?

ASPHÈNE.

Elle est en paix, Seigneur ; elle est loin de songer
Aux intrigues sans nom, dont elle est le théâtre.

Dans les jeux et les ris, toujours elle folâtre ;
Et jusqu'au triste écho d'un désastre récent
A son esprit railleur a servi d'aliment.

NABUCHODONOSOR.

Regrette-t-elle, au moins, l'inflexible prophète,
Qui vient de promener la foudre sur ma tête?
Et ses pleurs sur les siens que la mort a fauchés,
Dans ses yeux inconstans sont-ils déjà séchés?

ASPHÈNE.

Tout est vague à Babel, hors son insouciance ;
Mais on ne songe point à nier ta puissance ;
Et ce peuple, bourreau du meilleur de ses rois,
N'oserait irriter un lion aux abois.

NABUCHODONOSOR.

Il me respecte encor; mais c'est par habitude
Qu'il me montre aujourd'hui tant de mansuétude.

Pareil à des taureaux pour le joug façonnés,
Qui, même en liberté, vers le sol inclinés,
N'osent reprendre encor leurs farouches allures,
Bientôt nous le verrons, éclatant en murmures,
Envahir la cité comme l'eau des torrents...
Mais, convoqués par toi, que décident les grands?
Je sais que leur congrès décrépit, qui m'abhorre,
Traître au pays, au lieu de combattre, pérore.
Il livre à l'étranger, par un honteux trafic,
L'honneur national, et le salut public;
Et, pour me détrôner, leur infâme cabale
Aux monarques ligués ouvre ma capitale.

ASPHÈNE.

Pour te désobéir, ils avaient allégué
Le sang assyrien vainement prodigué.

NABUCHODONOSOR.

Ils en font bon marché! Mais chacun d'eux épie
Le vent, pour conserver l'or de la satrapie...
Se sont-ils rendus tous à ton premier appel?

ASPHÈNE.

Tous. Arsace lui-même, en ce jour solennel,
A quitté de ses monts la retraite rustique.

NABUCHODONOSOR.

Cet homme est soucieux de la chose publique.
Il m'en souvient. Il est exempt d'ambition ;
Mais il a combattu mon élévation,
Sans crainte, sans détours; et sa libre parole
Exprimait les regrets d'un sage, qui s'isole
Dans l'étude, et les bois ; réserve l'avenir,
Mais respecte des lois qu'il ne saurait honnir;
Car l'insurrection est, pour lui, criminelle,
Quand elle veut briser l'attente universelle.
Parmi les opposans qui nous ont combattus,
J'écoutai ses discours, sans fiel, et je me tus.
Son franc patriotisme arrêtait ma colère.
Retiré dans un coin ignoré de la terre,
Il se crut dédaigné; mais je ne le hais pas,
Bien que son caractère eût entravé mes pas.
Qu'il vienne, maintenant. Le but auquel j'aspire,

Est identique au sien : L'indépendance expire,
Il suivra mon drapeau.

ASPHÈNE.

Tu connais sa valeur,
Mais de tous ses pareils connais-tu la hauteur ?
Chez eux, la liberté bannit la déférence,
Elle nivelle tout, admet la suffisance,
Et tel dont ne voulut aucune royauté,
Étale insolemment sa sotte vanité,
Sa foi d'occasion, se dit incorruptible,
Se croit homme d'État, lorsqu'il n'est que risible.

NABUCHODONOSOR.

Arsace est au-dessus de ces êtres abjects.
Il servira d'exemple à mes autres sujets,
Et modèle accompli du devoir militaire,
Il oublîra qu'il fut mon loyal adversaire.
Ami, la reine arrive. Adieu. Retire-toi.

SCÈNE QUATRIÈME.

NABUCHODONOSOR, AMITI.

NABUCHODONOSOR.

Belle et triste! Qui donc a causé son émoi?

AMITI.

Le grand prêtre est captif... Accorde-moi sa grâce...
Et si tu n'aimes mieux m'immoler à sa place,
Crains Bélus irrité qui menace, à sa voix,
D'épuiser contre nous les traits de son carquois.

NABUCHODONOSOR.

O malheur inoui! la raison l'abandonne.

AMITI.

Nabuchodonosor, entends-tu?... le ciel tonne.
Il s'ouvre à l'horizon, comme pour t'avertir.
Tout à l'heure, j'ai vu, le pontife-martyr,
Entouré d'une troupe en armes, qui l'entraîne.
Élever vers les Dieux ses bras avec sa chaîne.
Il a dit : Frappe enfin, glaive des immortels !
Venge le sacerdoce arraché des autels !
La pâleur recouvrait son auguste figure.
Sous les bandeaux sacrés, sa blanche chevelure
Se hérissait. Tremblant de son propre courroux,
Il a tourné vers moi son regard triste et doux :
Pauvre mère, a-t-il dit, ô femme infortunée !
Une secrète horreur m'a remplie. Étonnée,
Je retourne au palais, je cours, morte à demi,
Où je croyais touver mon enfant endormi.
Il était entouré de ténèbres épaisses.
Serré contre mon sein, insensible aux caresses.
Il tremblait, lui qui joue avec ton bouclier !
Lui qui sourit joyeux aux éclairs de l'acier !
Il pleurait, lui qui sait déjà brandir ta lance !
Hélas ! Il est donc vrai ? La céleste vengeance

Change en timidité l'instinct du lionceau,
Qui pourtant avait eu ton pavois pour berceau.

NABUCHODONOSOR.

A ces vaines terreurs, que ton langage exprime,
Je reconnais le sang du roi pusillanime,
Réformateur douteux, dont l'impuissante main
S'attaquait aux autels, les ébranlait en vain,
Et n'osa les briser. Que ton prêtre fulmine
Les carreaux émoussés de l'ignoble machine
Dont le peuple idolâtre a souvent fait un Dieu,
En lui prêtant sa force; et qui ne sont qu'un jeu
Dont vit l'oisiveté, dont se moquent les sages,
Puisqu'il est le dernier expédient des mages.

AMITI.

Un invisible trait souvent donne la mort.
Ne te condamne pas à l'horrible remord
D'avoir proscrit les saints que vénère l'Asie.
Crains leur affliction, leur force d'inertie.
Épargne l'avenir d'un fils tant souhaité.

S'il est vrai que par moi de la paternité
Tu connus les douceurs, s'il est vrai que tu m'aimes,
Détourne de son front les divins anathèmes.

NABUCHODONOSOR.

Je ne puis. Obéir est un devoir commun.
L'égalité le veut. Il importe à chacun
Que personne au-dessus du trône ne s'élève.
Mitrane, en l'essayant, s'est brisé sur mon glaive.
La volonté de tous est un droit qui toujours
De la force de tous obtiendra le concours.
Qu'on s'incline!

AMITI.

O malheur! espérance déçue!...
Bientôt, de mon époux la puissance déchue.
A jamais servira d'exemple à l'univers.
Ses conjoints, ses amis, tous ceux qui lui sont chers,
Expulsés d'Assyrie, iront de ville en ville,
De contrée en contrée, en quête d'un asile.

NABUCHODONOSOR.

Pas auprès de ton père, abominable ingrat,
Qui me dut la couronne après le grand combat,
Où je fus le vainqueur des Mèdes et des Scythes.
Ces barbares, sans lui, coupés de leurs limites,
N'auraient jamais revu leur climat glacial,
Et j'aurais accompli mon triomphe final!...
Que fait-il maintenant? Fléau de sa famille,
Il vient ravir un trône à l'enfant de sa fille.

AMITI.

Oublîrais-tu, Seigneur, que ma main fut le prix
Du désastre complet de mon pauvre pays?
Sous nos murs investis, tes milices féroces
Donnaient en arrivant le signal de mes noces.
L'assaut de nos remparts en fut le messager;
Et mon abattement pouvait te présager
Des monarques vaincus la haine formidable.

NABUCHODONOSOR.

Je savais que la paix ne pouvait être stable.
Les rois avaient l'orgueil d'être une race à part:
Et lorsque épris de toi, je fis choix, pour ma part,
Dans leur champ moissonné, de la plus belle gerbe,
Ce fut un coup mortel pour leur vieille superbe.
Ils jurèrent entre eux de changer le destin.
D'abord, je vis en toi la fleur de mon butin;
Je vainquis sans amour, mais ta beauté naïve,
Unie à ta douceur, aujourd'hui me captive:
Je t'aime épouse et mère, et j'aurais oublié
Le sang qui coule en toi, ton père humilié,
Quand pour se racheter, confuse et palpitante,
Il vint, humble et soumis, t'amener sous ma tente.
La haine disparaît quand on se croit heureux:
Mais j'aurais dû penser au culte monstrueux
Qui, mettant en lambeaux l'éternelle morale,
Veut que toute action devant lui soit égale,
Parjure, loyauté, bienfait, meurtre, attentat,
Pourvu qu'elle s'adapte à la raison d'État;
Et ton père enfreindrait cette loi de sa souche,

Si, vainqueur, il laissait, jeune mère, à ma couche
La vierge, que défait, il jeta dans mes bras.

AMITI.

Je mourrai, s'il le faut; mais je ne suivrai pas
Darius à sa cour, alors que tu succombes.

NABUCHODONOSOR.

La neige et les frimas ont recouvert les tombes
De mes meilleurs soldats, invincibles héros,
Qui m'appelaient leur père, à l'ombre des drapeaux!
Le Tanaïs fatal, sous sa nappe profonde,
Charrie à l'Océan ceux qui brillaient au monde,
Guerriers et citoyens, des rayons les plus purs.
Presque seul aujourd'hui, renfermé dans ces murs,
Je ne m'abaisse pas à ce point que j'envie
Le sort des ennemis. La fortune asservie
A leurs honteux desseins, par un retour brutal,
Peut briser, maintenant, mon bonheur conjugal;
Roi, je la foule aux pieds, car elle est désarmée

Pour jamais effacer ma grande renommée.
Ce legs prestigieux des siècles à venir.
Mes succès, mes revers, étonnant souvenir,
Le récit fabuleux des mémorables luttes
Qui devaient amener la plus vaste des chutes,
Pour notre genre humain sont autant de leçons.
Je montre aux souverains, j'indique au nations
Les sommets élevés où l'homme peut atteindre.
Mon esprit, désormais, ne cessera d'empreindre
Les actes des puissans; et j'ai su mériter
Que qui me condamna s'efforce à m'imiter.
Ce tableau d'outre-tombe est digne de mon âme,
C'est l'immortalité!... Mais toi, ma pauvre femme,
Victime expiatoire, immolée à l'orgueil
Des tiens, tu ne seras qu'un triste objet de deuil.

AMITI.

Je mourrai près de toi.

NABUCHODONOSOR.

Non. Mère, il te faut vivre
Pour ton enfant. Les rois, que la vengeance enivre,

Ne l'épargneraient point, dans leur courroux mortel,
Si tu ne le couvrais de ton œil maternel.
Certes, si je pouvais survivre à ma défaite,
Tu saurais avec moi, défiant la tempête,
Ange consolateur, montrer à l'univers
Qu'un pur attachement s'accroît par les revers.
Comme un lierre amoureux que dans sa chute entraîne,
Toujours entrelacé, le tronc brisé d'un chêne;
Tu suivrais dans l'exil ton soutien abattu,
Et la postérité citerait ta vertu.
Mais non! Je l'ai juré par cette vieille épée,
Ta paupière de pleurs ne sera point trempée
Pour ton mari vivant. Darius aura fui
Tantôt, ou le dernier de mes jours aura lui!...

Et si je dois chercher dans la mort un refuge
Contre les rois ligués, et contre le déluge
De nomades armés, accourus à leur cri,
Ne cesse de veiller sur notre fils chéri.
Le souffle des tyrans, dont l'haleine assassine,
Aurait bientôt flétri sa splendeur enfantine.
Contre eux, tu n'auras pas un asile assez sûr,
Un abri sans péril, un coin assez obscur.
Promesse d'avenir, sa grâce qui t'enchante,

Sera pour ces trembleurs un objet d'épouvante.
Leur système ombrageux sera toujours debout.
Des essaims d'espions assiégeront partout
Son toit, comme en avril les abeilles les ruches.
Désignée à leur ruse, en proie à leurs embûches,
Ils te diront souvent : Nabuchodonosor
Peut revivre en son fils. Garde bien ce trésor,
Il fait tout notre espoir. Un jour, en Assyrie,
Il sera proclamé l'élu de la patrie.
Son nom peut la guérir du mal des factions,
Et la refaire encor reine des nations.
Ces vœux réjouiront ton tendre cœur de mère,
Mais ils réveilleront la haine et la colère
Des rois. Ils chercheront de menaçans secrets
Dans tes yeux; tous tes mots leur paraîtront suspects.
Je te vois, sans oser te fier à personne,
Craindre qu'on n'assassine, ou que l'on n'empoisonne
Ce fils dont l'univers, guéri de son erreur,
Acclamera le père à l'égal d'un sauveur.

Quels que soient les souhaits formés par ta tendresse,
Un lugubre fantôme à son chevet se dresse.
Aux lâches attentats, d'avance, il est voué.
S'il déroge à ma gloire, il sera bafoué;

Mais si l'on craint qu'un jour l'immortelle phalange
De mes vieux compagnons l'appelle et qu'il me venge,
Quel bouclier pourra, fût-il en triple airain,
Garder à l'Assyrie un pareil souverain?

Pourtant, si le hasard le sauvait, qu'il entende
Par ta bouche combien sa nation fut grande,
En bravant, sous ma loi, l'injuste inimitié
De tant de rois jaloux... Si jamais leur pitié
Ou leur mépris devait, au lieu de le proscrire,
L'humilier... plutôt, que l'effroi qu'il inspire
Soit tel que leur fureur ne connaisse aucun frein,
Et qu'il soit égorgé dans tes bras, sur ton sein.

AMITI.

Tu me glaces d'horreur! Quel sinistre présage!

SCÈNE CINQUIÈME.

ASPHÈNE, NABUCHODONOSOR, AMITI.

ASPHÈNE, à la reine. Il lui remet un pli.

Un soldat de ton père apporte ce message.

AMITI, à Nabuchodonosor, après avoir lu.

Lis.

NABUCHODONOSOR.

« Des Assyriens, Nabuchodonosor,
« S'il consent à la paix, sera monarque encor;
« Mais s'il continuait à combattre, qu'il craigne

« De voir sa déchéance et la fin de son règne. »

Barbare audacieux! Son orgueil insolent
Égale sa bassesse, alors que tout tremblant,
Il venait faire appel à ma miséricorde.

Femme, tu répondras qu'il rassemble la horde
De mes vassaux d'hier, devenus ses suppôts,
Et qu'en mon nom je veux qu'il leur dise ces mots :
Nabuchodonosor repousse la pensée
Que la fortune soit à ce point insensée
Qu'elle fasse aux humains cet exécrable affront
De restaurer vos lois et de courber leur front
Sous le poids accablant de tant d'impéritie.
Médie, Égypte, Tyr, nomades de Scythie,
Le vaincu vous dédaigne, il vous brave, il promet
De fouler à ses pieds vos offres; et jamais,
Tant qu'un fils du pays pourra porter les armes,
Tant que pour les héros la guerre aura des charmes.
Il ne reconnaîtra les odieux traités
Qui joindraient l'infamie à ses adversités.
Non! Dût-on renverser cette cité splendide,
Tuer tous ses soldats, laisser son trésor vide,

Et voir vos cavaliers, pareils à des vautours,
Se partager ces champs et les souiller toujours.

Va. Retrace ces mots, et que le plus véloce
De nos coureurs les porte à ce parent féroce,
Dont jadis l'infortune avait fait un agneau.
Que personne, surtout, n'ose mettre le sceau
Aux maux immérités de la patrie en larmes,
En venant conseiller de déposer les armes,
Ou de négocier ; moins encore, en doutant
Que je pourrais vouloir la paix un seul instant,
Lorsque nos régions sont encore occupées...
Puis, nous riposterons bien mieux par nos épées.

(Amiti sort en pleurant.)

SCÈNE SIXIÈME.

NABUCHODONOSOR, ASPHÈNE.

NABUCHODONOSOR.

Vite! assemble en ces lieux le peuple et le sénat.
Que tout Assyrien se transforme en soldat.
La discorde est de trop quand la patrie appelle
Ses fils à son secours. Toute attente est mortelle.
Marchons.

ASPHÈNE, entraîné.

J'ai dépouillé l'habit du courtisan.
Je sens bondir en moi le cœur du vétéran,
Frère de ce géant, modelé sur ta taille,

Qui succomba, vainqueur, sur le champ de bataille!

(Nabuchodonosor quitte la scène à grands pas. Asphène, brandissant son épée et le suivant à distance.)

Grand homme! puisses-tu, malgré la trahison,
Voir encor ton étoile éclairer l'horizon!

ACTE TROISIÈME.

SCÈNE PREMIÈRE.

SATRAPES et MAGES assemblés. ASPHÈNE, debout sur les gradins d'un trône. ARSACE.

ARSACE.

Non, jamais le destin ne départit les marques
De sa haute faveur aux peuples, aux monarques,
S'ils n'ont pas répandu, d'abord, un sang fécond,
Et vidé du malheur la coupe jusqu'au fond.

De notre force à tous c'est la meilleure épreuve.
Sachez en profiter. Que rien ne vous émeuve.
De vos mille combats ne perdez point le fruit.
Nabuchodonosor, un héros, vous conduit.
Depuis plus de vingt ans, il vous immortalise.
Ne l'abandonnez pas. Redoutez qu'on ne dise :
Ce peuple fut heureux, mais il ne fut pas grand.
D'une paix à tout prix quel vil désir le prend,
Lorsque son souverain a déposé sa lance,
Et les marchands de Tyr leur or dans la balance,
Où le sort de l'Asie est pesé? Les humains
Entre les deux partis hésitent incertains,
Car c'est pour restaurer leur vieille tyrannie,
Que les rois du lion attendent l'agonie.

Notre gloire, aujourd'hui, montera jusqu'au ciel,
Ou nous serons frappés d'un désastre mortel;
Et si pour l'Assyrie une autre ère commence,
Une ère de malheur, il faut qu'il soit immense
Comme notre passé, car ce peuple guerrier,
S'il n'est au premier rang, doit descendre au dernier.

UN MAGE.

Nos ossemens blanchis, sur tous les points du globe,
Attestent que chez nous aucun ne se dérobe
Aux armes, aux dangers, aux combats, au trépas.
Partout où le tyran a dirigé ses pas,
N'avons-nous pas suivi sa sanglante bannière?
Maintenant, du palais jusqu'à l'humble chaumière,
Tous nos concitoyens succombent sous le faix,
Sont à bout de courage, et demandent la paix.
Nous la voulons. Malheur à qui nous la dispute!

UN VIEUX SATRAPE.

Père de sept enfans, tous tombés dans la lutte,
Hélas! des étrangers me fermeront les yeux.

UN AUTRE SATRAPE.

J'ai combattu jadis, et bien que je sois vieux,
Je combattrais encor, pour terminer la guerre.

UN MAGE.

Avant de la finir, tu soumettrais la terre
Au joug assyrien. Nabuchodonosor
N'entend pas s'arrêter tant qu'on peut vaincre encor.

ARSACE.

Pourquoi perdre le temps en plaintes inutiles?
Vos maux sont engendrés par vos esprits mobiles,
Légers, inconséquens, qui changent parmi nous,
A chaque instant, les lois. Hélas! lequel de vous
A jamais fait obstacle aux volontés du maître,
Quand il était heureux? Avez-vous su paraître
Ici, lorsqu'il fallait résister aux décrets,
Qui prodiguaient le sang et l'or de ses sujets?
La chaine du pays?... mais vous l'avez forgée!
L'arbitraire par vous fut à son apogée,
Du jour où vous avez, par un vote vénal,
Formulé ses excès en langage légal.

Le plus indépendant se croyait téméraire,
En forçant sa pudeur aux abois à se taire.

J'ai fui le déshonneur dont vous étiez couverts.
J'ai porté mes regrets et mes pleurs aux déserts.
Si je viens, en ce jour, oubliant toute offense,
Servir le défenseur de notre indépendance,
C'est que l'abstention, qui m'avait mérité
L'éloge, deviendrait désormais lâcheté.

SCÈNE DEUXIÈME.

Les MÊMES, NABUCHODONOSOR.

Les tentures du trône s'entr'ouvrent, et Nabuchodonosor, entouré de ses officiers militaires, apparaît inattendu.

NABUCHODONOSOR.

Ainsi, vous conspirez? Votre patriotisme
S'aperçoit maintenant de mon absolutisme.
Vrai! pour vous révolter l'instant est bien choisi
Quand les coalisés arrivent près d'ici.
Ma ruine n'est pas, cependant, consommée,
Rebelles! Il vous faut compter avec l'armée,
Qui ne vous suivra pas dans ce lâche abandon.

Régicides, des rois implorez le pardon;
Parlez de liberté, promesse mensongère;
Mais retenez ceci : celui qui délibère,
Quand résonnent les coups des béliers ennemis,
N'est pas un citoyen, mais un traître insoumis.

Vous vous taisiez alors que, dans sa plénitude,
Mon pouvoir déjouait toute hostile attitude.
Vous me trouvez coupable aujourd'hui que vaincu,
Au nom de ce pays, pour qui seul j'ai vécu,
Je viens vous demander d'éveiller les courages.
Adulé bassement ou conspué d'outrages,
Je sais votre impudeur, qui n'a point de milieu.

Par moi, vos étendards redoutés en tout lieu,
Ont déroulé leurs plis sur la haute ruine
De la ville aux cents tours des rois de Palestine.
J'ai réprimé l'Arabe insolent. J'ai détruit
L'armée égyptienne; et j'ai rempli du bruit
De mes pas l'univers, dépouillé des richesses
Dont ma prodigue main vous a fait des largesses.
Faits et gestes par vous approuvés sans délai.
Vous dissimuliez donc? et pour savoir le vrai

Des dévoûmens véreux acquis à ma personne,
Il ne me faut rien moins que perdre la couronne.

Tant de duplicité ne vous fait point rougir.
En austères censeurs vous prétendez agir,
Sans songer au pays qui vous hait, vous méprise,
Et ne voudra jamais croire à votre franchise.
Vos princes exilés vous verront à regret
Mêlés à leur retour. Je prévois leur projet
De ne vous rien devoir, de rester implacables
Envers leurs proscripteurs, de vous rendre introuvables;
Car s'ils n'ont rien appris, ils n'ont rien oublié.
A ces maîtres obscurs sans profit rallié
Votre odieux sénat, tache de notre histoire,
Sera frustré du prix de sa trame si noire.
Au titre flétrissant vous serez condamnés
D'éclaireurs impudens des tyrans surannés
Qui nous sont revenus en croupe des nomades.
Sous les plus humbles toits des plus pauvres bourgades,
Mon nom au rang des dieux du foyer sera mis;
Et vous, qualifiés d'amis des ennemis,
Vous garderez au front la honte indélébile
Qui s'attache aux fauteurs de la guerre civile.

Le peuple se souvient qu'il me doit ses succès,

Et que j'ai mis un terme à vos sanglans excès,
Lorsque vos émeutiers ou vos juges infâmes,
Immolaient sans pitié vieillards, enfans et femmes...
Mais qui peut dénombrer vos hideux attentats?
Il serait plus aisé de compter mes combats.

UN SATRAPE.

As-tu donc oublié que ce sont tous ces crimes
Qui t'ont fait succéder aux princes légitimes?

NABUCHODONOSOR.

L'infamie est à vous, et le trône est à moi.
Vous avez retranché les jours de votre roi,
Mais vous n'avez pas su mettre un homme à sa place,
Qui de sa gestion ait laissé quelque trace.
Aussitôt que quelqu'un s'élevait parmi vous,
Plus apte à gouverner, il tombait sous vos coups;
Et vous seriez ainsi restés dans l'anarchie,
Si mon glaive n'avait fondé la monarchie.
Depuis lors, je n'ai dû le tirer du fourreau
Que contre l'étranger; et jamais le bourreau,

Qui d'un bon roi, dit-on, est le premier ministre,
Plus d'une fois n'a fait son office sinistre.
Pour s'élever si haut, si peu de sang versé,
C'est un fait inouï, prôneurs du temps passé;
Mais ce fut trop encore! et quand la hache chôme,
D'un gouvernement fort c'est le meilleur symptôme.
Oui, ce fut malgré moi que le zèle suspect
D'un mage renégat fit accomplir l'arrêt...

Si vous ne souhaitez que vivre avec mollesse,
Que ne le disiez-vous dans ces jours d'allégresse,
Où le peuple entourant mon char de sa clameur,
Vous mêlait aux vivat poussés en ma faveur?
Bouffis d'un sot orgueil, près de moi, dans ces fêtes,
Vous preniez votre part de gloire et de conquêtes.
Je suis coupable seul, seul à présent j'ai tort,
Lorsque l'invasion nous accable et le sort.
Vos mains vers les vaincus se sont-elles tendues,
Alors qu'ils succombaient? Vos larmes, répandues
Sur l'immense faisceau que formaient nos lauriers,
Ont-elles consolé ces malheureux guerriers?
La paix, à ce moment, était inopportune :
Elle serait infâme aujourd'hui. L'infortune

Raidit les cœurs vaillans, que la prospérité
Rend faciles et bons. Ce fut nécessité
D'avoir, d'abord, la guerre. On sait de longue date
Que quand elle vous manque, entre vous elle éclate.
Vous faire le premier des peuples conquérans.
Ou vous laisser verser votre sang à torrens,
C'était de mon maintien l'alternative unique;
Mais la guerre n'est plus un moyen politique,
A l'heure où je vous parle. Impérieux devoir,
Les lâches seuls pourraient cesser de la vouloir.
Préférez-vous la mort qui vous fut prodiguée
Par la main d'un tyran, qui s'était fatiguée.
Sous prétexte de bien, à signer des arrêts
Envoyant les meilleurs citoyens aux gibets?
Et ne vaut-il pas mieux au champ d'honneur me suivre,
Dans les âges futurs assurés de revivre?

ARSACE.

Vive la liberté!.. Seigneur, si tu me crois,
Tu nous rendras vainqueurs, en nous rendant nos droits.

NABUCHODONOSOR.

La liberté, dis-tu? Ce mot, dans votre bouche,

Rappelle tant d'affreux forfaits qu'il m'effarouche,
Moi le fils favori des révolutions.
Laissez-le, je vous prie, à d'autres nations,
Chez qui l'ardent amour de l'égalité vibre.
Quand un Assyrien me parle d'être libre,
C'est qu'il veut un hochet. Je le donne, et je ris.
Vous libres !... mais les os d'innombrables proscrits,
Qui blanchissent au loin, sur la terre étrangère,
Proclament que ce mot à vos mœurs est contraire.
L'Euphrate n'a-t-il pas balancé dans ses flots
Des couples innocens, enlevés aux billots
Par vos cruels élus, inventeurs des noyades
Où votre liberté donnait ses accolades?
Tous ces pauvres martyrs s'en allaient à la mort,
Pour n'avoir pas été de l'avis du plus fort.
Ainsi de vos esprits les débauches fatales,
Sans obstacle, imposaient les vertus sociales !

Certes, si pour la guerre il est un peuple-roi,
C'est bien vous; et qui donc l'a montré mieux que moi?
Mais soyez-le toujours, et point de défaillance.
Qu'en masse, à votre appel, la nation s'élance.
Il faut que son courage au danger soit égal.

Il faut justifier son renom colossal.
Il faut que l'étranger qui nous tient en alarmes.
Périsse sous nos murs!.. Assyriens, aux armes!

SATRAPES et MAGES.

Plus de guerre! la paix! et rends-nous nos enfans.

NABUCHODONOSOR.

Pour les redemander, êtes-vous triomphans?
Est-ce la haine ou bien la peur qui vous égare?
Quand j'aurai repoussé l'invasion barbare,
Quand je l'aurai foulée aux pieds de nos chevaux,
Quand vos enfans vainqueurs n'auront plus de rivaux,
Venez les réclamer. Jusque-là, leur courage
S'indigne de ces vœux, qu'il prend pour un outrage.

UN SATRAPE.

Quoi! tu peux te bercer encor du fol espoir
Que le monde insurgé retombe en ton pouvoir?

Des bords du Tanaïs, enfuie à tire d'aile,
Ta fortune est au loin. Ne compte pas sur elle.

NABUCHODONOSOR.

Eh bien! si tout conspire au dehors, au dedans,
Vous me verrez, fidèle à mes antécédens,
Multiplier mes coups, redoubler de science,
Et glacer l'ennemi partout de ma présence.
Au Tanaïs, le nombre et non pas la valeur,
A de mes compagnons exterminé la fleur.
La trahison des miens, qui dans nos rangs chemine,
Bien plus que l'adversaire a hâté ma ruine.
Je ne suis pas vaincu, mais délaissé...

A sa suite : Soldats,

Défendez mon approche à ces lâches ingrats.
Ils osent contester jusqu'à la certitude
Que triomphans ou non, votre fière attitude
Accroîtra votre gloire aux yeux de l'univers.
Les blessures, la faim, la soif et les hivers
Vaillamment supportés aux champs hyperborées,
Avaient-ils mérité tant d'insultes outrées
A votre capitaine?.. Avec vous je suffis

Pour maintenir l'honneur des armes du pays.
Il nous jugera tous; et ma seule vengeance
Sera de le sauver sans cette vile engeance.

Aux Satrapes et aux Mages :

Sortez. Je ne veux pas autrement vous punir.
Mais votre châtiment sera dans l'avenir.

Les Satrapes et les Mages quittent la salle. Arsace seul reste.

SCÈNE TROISIÈME.

ARSACE, NABUCHODONOSOR.

ARSACE.

Seigneur, si je n'ai point désiré ton empire,
Je hais tous les tyrans; et pour moi, rien n'est pire
Qu'assister impassible aux combats glorieux,
Que pour l'indépendance, on livre sous mes yeux.
M'éloigner quand ta voix aux armes nous convie,
C'est te venger bien plus qu'en m'arrachant la vie.

NABUCHODONOSOR.

L'armée et le pays savent ce que tu vaux
Par le cœur et le bras; mais te rendre aux drapeaux,

Te donner les moyens de t'élever, m'expose
A grandir un parti dangereux pour ma cause :
A déclarer moi-même inique la rigueur
Qui, malgré toi, sans doute, enchaîna ta vigueur :
Et qui, désespérant de te rendre docile,
Aux services publics te déclare inhabile.
On remet un tort grave à qui le reconnaît,
On ne pardonne point un affront qu'on a fait.
Les rois conviennent-ils des actes arbitraires
Qu'on peut leur reprocher?

ARSACE.

Non, les tyrans vulgaires
Préfèrent l'injustice à de pareils aveux;
Mais es-tu souverain par le droit des aïeux,
Ou des Dieux imposteurs? Fils de tes propres œuvres,
Dédaigne d'imiter de honteuses manœuvres.
D'ailleurs, je ne veux point te coûter un seul mot
Pénible à ton orgueil. Je marche le front haut.
Je ne veux point d'excuse. Accepte mon épée;
Et quand l'invasion, de nos champs extirpée,
Aura disséminé ses informes débris,

Arsace alors, laissant cet étrange pays
Tout entier au plaisir de posséder un maître,
Ira se retremper sous quelque abri champêtre.

NABUCHODONOSOR.

De trop de liberté ton langage est empreint.
Es-tu rebelle?

ARSACE.

Non! car je n'ai pas enfreint
Mon serment comme toi; mais si ma conscience
M'avait dit d'opposer à ton omnipotence
La ruse et les complots, tu m'aurais vu, soumis,
Parader à ta cour, avec tes faux amis.
Singeant, sans dignité, leurs façons joviales,
J'eusse obtenu ma part de tes faveurs royales.
Comme eux, pour la trahir, j'eusse engagé ma foi;
Et je saurais, comme eux, me soustraire à ta loi.

NABUCHODONOSOR.

Parce que leur audace est restée impunie,

Crois-tu me mettre en butte à ta froide ironie?
Songe qu'en ce moment, Nabuchodonosor
De mille bras armés peut disposer encor.

ARSACE.

Hé bien! sans plus tarder, fais-leur un signe. et frappe!..
Lorsque la vérité de mes lèvres s'échappe,
Et que je t'en crois digne, une aveugle fureur
T'anime contre moi?... Va. Punis mon erreur.

NABUCHODONOSOR.

Qui vit le monde esclave à ses pieds, ne redoute
Ni le vrai, ni le faux. J'avise, et je t'écoute.
Parle.

ARSACE.

Si tu n'étais qu'un despotique esprit,
Et que l'honneur du sol de toi ne dépendît,
J'attendrais que toi-même, en t'obstinant, me venges;
Mais nourri dans les camps de nos vieilles phalanges,

Si je t'abhorre au trône, au plus fort du combat
Je t'ai vu demi-Dieu, je t'admire en soldat.

NABUCHODONOSOR.

Eh bien! suis-moi.

ARSACE.

Seigneur, compte sur mes services:
Tout mon sang est à toi... mais vois ces cicatrices:
Elles témoignaient haut de ma fidélité
Au glorieux drapeau de notre liberté.
Mes amis, désormais, diront que j'abandonne
Un principe sacré, pour servir ta personne...
Mais n'importe, marchons!... Pauvres Assyriens,
S'il le faut, aujourd'hui, resserrez vos liens.
Sus aux envahisseurs! et quoi qu'il vous en coûte,
Suivez celui qui seul peut les mettre en déroute.

NABUCHODONOSOR.

Viens, et ne parle plus d'un rêve évanoui...

ARSACE.

Tout est rêve ici-bas. Mon cœur épanoui
A pourtant salué la radieuse aurore
Du mémorable jour où nous vîmes éclore
L'ère d'égalité qui, proscrivant les rois,
Inscrivit le progrès et l'amour dans nos lois.
Je m'en souviens, et toi qui règnes par le glaive,
Ne crains-tu pas aussi de n'avoir fait qu'un rêve.
Que maudira la voix de nos derniers neveux
Quand l'avenir aura justifié mes vœux?

NABUCHODONOSOR.

Mon règne est la patrie, et seul je la résume.
Parle de moi.

ARSACE.

Seigneur, les autres ont coutume
De parler au monarque; et moi, je fais appel
Au génie, au grand cœur du héros immortel :

Tu vois nos maux, c'est vrai, la trace en est profonde,
Mais vois-tu le torrent de sang qui nous inonde,
Qui monte jusqu'à toi, qui t'ébranle? Ton bras
Ne peut le contenir. Si tu ne nous plains pas,
Songe à ton sort.

NABUCHODONOSOR.

Je puis conserver mes domaines,
Aux dépens de la gloire, et vous river vos chaînes.

ARSACE.

Ce serait assurer, pour longtemps, le salut
Des couronnes d'Asie, et ce n'est pas ton but.
Tu veux, dès à présent, chercher à reconstruire,
Bien que mis aux abois, un plus puissant empire,
Dont ton ambition puisse se contenter.
Certe, il faut être grand rien que pour le tenter;
Mais j'entrevois ailleurs ta véritable gloire.

NABUCHODONOSOR.

Si mon trône n'était fondé sur la victoire,

Aux princes alliés il faudrait le devoir.
Il me siérait bien mieux d'en tomber que d'avoir
Pour sujet des vaincus, que la honte ravale
A l'état de troupeau d'un roi Sardanapale.
En prenant un soldat pour votre souverain,
Vous ouvriez la carrière au belliqueux entrain
Que l'étranger redoute, et qu'en vain il imite.
La défaillance en moi serait chose insolite.
Les ingrats que j'eus tort de mettre au premier rang,
Savent que ce pays, prodigue de son sang,
Craint surtout que son glaive au fourreau ne se rouille.
Que vos grands, gorgés d'or, prennent une quenouille,
Les vrais Assyriens gardent mon étendart.

ARSACE.

Ils sont morts. Ce qui reste est un faible rempart.
Pour détourner de nous la monstrueuse ligue
Des peuples déchaînés. L'excédante fatigue
Du joug qui sous ta loi les tenait abattus,
Leur a donné soudain de civiques vertus;
Et le cri qui prévaut dans toutes leurs provinces,
Est pour la liberté. Tu les croirais sans princes.

NABUCHODONOSOR.

Étrange confiance! Esclaves insensés!
Vos maîtres vous auront bientôt désabusés.
Ton audace éphémère, aveugle multitude,
Rendra plus lourde encor ta vieille servitude.
C'est par la paix qu'au joug ancien tu reviendras.
C'est elle qui détrempe et les cœurs et les bras.

Mon peuple m'obéit, mais comme le tonnerre
Obéit à la main qui le lance à la terre.
L'épée est son jouet. Jeunes ou vétérans,
La portent. Si j'étais le plus dur des tyrans,
Comme mes ennemis le disent dans leur rage,
Pour abattre le trône on en eût fait usage...
Mais ils mentent! D'abord mon grand crime à leurs yeux
Fut d'avoir dirigé vos pas victorieux.
Quand votre volonté donna le diadème
A votre chef élu, leur douleur fut extrême,
Car ce choix proclamait qu'un prince souverain
N'a pas dans son berceau d'héritage certain.

Écoutez leur congrès vanter à ses esclaves

La magnanimité qui brisa leurs entraves,
Et tandis qu'il se pose en ardent promoteur
Du droit des nations, me dire usurpateur,
Moi qui tiens mon pouvoir du vote populaire.
Ce sont eux qui sur vous ont déchaîné la guerre,
Quand votre forte voix au monde avait jeté
Le germe envahissant de votre liberté.
Leur nom n'est que risée, et leur race est maudite.
Lequel d'entre eux commande, agit, combat, médite?
Hélas! si le pays, mollement défendu
Par des chefs enrichis, devait être rendu
Au fétiche royal de votre ancien régime,
Votre sort, après moi, serait le plus infime,
Car plus vous êtes grands, indépendans et fiers,
Moins on allégera vos tributs et vos fers.

ARSACE.

A qui rappelles-tu la bassesse et les vices
Des rois, et les forfaits commis sous leurs auspices?
Le trône est à mes yeux un si grand attentat,
Que je n'ose espérer, malgré le vif éclat,
Dont tant d'exploits et tant de travaux l'environnent,

Que les bons citoyens jamais te le pardonnent.
Nos terribles conflits nous ont, du moins, valu
De n'avoir pour tyran que notre propre élu.
La puissance publique aux mains d'un seul remise
Peut sauver le pays dans un moment de crise;
Mais d'engager nos fils nous n'avons pas le droit.
Leur génération aura ses lois, et doit
Les voter à son gré, quand la nôtre s'efface.
Seigneur, si tu prétends déléguer à ta race
Ton pouvoir absolu, sans autre sanction,
C'est un crime évident de lèse-nation.

NABUCHODONOSOR.

Mon empire eut, du moins, une libre origine.

ARSACE.

Oui, mais la renier, c'est vouloir qu'il décline;
Car songer qu'on fut libre, et se voir dans les fers,
Est le plus grand des maux que nous avons soufferts.
Crains notre indifférence...

Nabuchodonosor se détourne brusquement.

Ah! d'où vient que je rouvre
A tes yeux ma blessure? En toi rien ne découvre,
Sous ton manteau royal, que tu fus citoyen.
Écoute donc, ô roi : le peuple assyrien
T'a donné tout, ses droits, ses fautes et ses crimes.
Sa fortune inouïe, et ses vertus sublimes,
Le poignant souvenir de ses adversités,
Et l'honneur exclusif de ses prospérités.
Ses luttes sans exemple ont enrichi ta cause;
Et l'avenir du monde entre tes mains repose.
Ton génie immortel ne peut être infécond.
Ta gloire est qu'il profite aux âges qui viendront.
La vérité vaincra, car elle exalte l'âme
Et raffermit les bras. Tous les cœurs qu'elle enflamme,
Espèrent que tu dois être l'homme fatal,
Qui d'une ère nouvelle apporte le signal.
Décevras-tu, Seigneur, ces hautes espérances?
Oseras-tu courir de redoutables chances,
Avant que tes sujets sachent que c'est pour eux
Que tu répands les flots de leur sang généreux?
Nos matrones en deuil verraient partir sans larmes
Leurs derniers rejetons appelés sous les armes;
Le pays épuisé, qui se plaint d'être las,
Enverrait en chantant ses enfans au trépas.

Et tu serais l'objet de leur idolâtrie,
S'ils étaient citoyens d'une libre patrie.
Sans elle, ton appel les trouvera rétifs.
Ils diront : Nos anciens sont tous morts ou captifs.
Leurs ossemens sacrés, dispersés par la guerre,
N'ont pas même une fosse, un simple abri sous terre.
Dans nos campagnes, au cœur de nos cités, où gît
La cendre des aïeux, l'invasion mugit.
Nos temples renversés couvrent, sous les décombres.
Leur tombe désolée : on voit leurs tristes ombres
Errer, et demander d'une voix en courroux :
Quel est votre mobile, et que défendez-vous?

NABUCHODONOSOR.

Et vos crimes?... Sans doute, il vous faut les défendre :
Car, tant que mes hauts-faits ne cessent de répandre
Leur éclat sur le trône, un lustre éblouissant
Du monarque immolé dissimule le sang.
Il vous accusera, demandera vengeance
A son vil héritier, après ma déchéance,
Et l'obtiendra... Mais vous, versatiles esprits,
Vous convoitez déjà le pardon des proscrits :

Et pour tirer parti de vos fautes nouvelles,
Tant qu'ils seront puissans, vous leur serez fidèles.

ARSACE.

Je dédaigne la crainte, et je n'ai plus d'espoir.
J'abhorre les tyrans; et leur mauvais vouloir
Ne saurait m'avilir tant que je porte un glaive;
Mais penser que la peur du châtiment relève
Le courage abattu, c'est une étrange erreur!
Le peuple de Babel, qui nargua la terreur,
Dont son front lumineux garde l'horrible tache,
Sait tomber en soldat, ou mourir par la hache.
Songe à la liberté qui, dans un autre temps,
A vu notre jeunesse affluer dans les camps.
De tes plus purs exploits elle fut le prélude.
L'étranger a la paix avec la servitude.
Aurons-nous seuls la guerre, et le joug sur le cou?

NABUCHODONOSOR.

Votre rivale, Tyr, vous tient sous son genou,
Les Scythes dans vos prés ont lâché leurs cavales,

Babel entend les traits résonner sur ses dalles,
Et se réveille au bruit du choc des boucliers!..
A bas les orateurs! il nous faut des guerriers.
Que parlez-vous de lois? Vite, courez aux piques!
C'est moi qui garantis les libertés publiques.
Sans moi, c'est l'étranger que vous devez servir.
Silence! Je suis tout. Il faut vaincre ou mourir.

Et qui donc à vos mains arrache vos trophées?
Ce sont ceux qui tremblaient lorsque quelques bouffées
De vent venaient frôler vos nobles étendards.
Ah! s'il était écrit que ces lâches fuyards
Dussent vous imposer des lois et des limites,
Et le prince impotent ramené par les Scythes,
La honte effacerait le renom de valeur
Qui vous eût honorés, même dans le malheur.

SCÈNE QUATRIÈME.

ASPHÈNE, NABUCHODONOSOR, ARSACE.

ASPHÈNE.

De balistes, de chars, Babel est entourée.
D'assaillans acharnés la plaine est encombrée.
Leurs lances et leurs dards semblent une forêt.
Par leur ombre obscurci, le soleil disparaît.

NABUCHODONOSOR.

Je l'ai voulu. La peur, la haine et la fortune
Ont réuni les rois, ont servi leur rancune,
Et l'opulent trésor de Tyr leur est ouvert...

Mais jusqu'ici les Dieux ne m'avaient point offert
La rude occasion d'une si belle lutte!
Le servage complet de l'Asie, ou ma chute,
Tel en sera, sous peu, l'immense résultat.

ASPHÈNE.

Araspe a décliné les risques d'un combat
Inégal. L'ennemi le déborde et l'observe.

NABUCHODONOSOR.

C'est à ma propre main que le destin réserve
De punir aujourd'hui ces pillards insolens.
Ils ont la fuite au cœur, et nos piques aux flancs.

ASPHÈNE.

Dans leurs rangs l'héritier de nos vieux rois s'avance,
Et rien ne peut, dès lors, modérer leur jactance.

NABUCHODONOSOR.

Voilà le triste effet des intrigues de Tyr...

Ce prétendant obscur, qui vient vous investir,
Ramène ses amis émigrés. Il apporte
De leurs ressentimens l'interminable escorte.
Il n'aime que la gloire acquise aux ennemis.

A Arsace :

Vieux soldat, plébéien, Arsace, tu frémis?
Je comprends les élans de ton âme sublime.
Va. Nous nous reverrons; et garde mon estime.
Je sais que ton parti n'attend rien du vainqueur.
Et que sa fermeté lui vient d'un noble cœur.

Arsace, ému, émerveillé, pensif, se retire.

SCÈNE CINQUIÈME.

ASPHÈNE, NABUCHODONOSOR

ASPHÈNE.

Prends garde : la clémence achemine à l'outrage.

NABUCHODONOSOR.

J'honore sa vertu, j'admire son courage,
Et ne crains pas qu'il manque au moment du péril
Entre le prince nul, qui revient de l'exil,
Et votre élu d'hier, si quelque esprit hésite,
Certes, ce n'est pas lui. Mon pouvoir sans limite
L'indignait; il ne fut pourtant d'aucun complot.
Les traîtres ne sont pas ceux que tu crois. Tantôt,
Nous les aurons vaincus en domptant les barbares.

Ne songeons qu'à ceux-ci. Que leurs hordes bizarres,
Disparates, sans frein, s'aperçoivent trop tard
Qu'un choc tumultueux ne peut remplacer l'art.
Marchons! Que leur cohue, avide de rapine,
Se dissipe devant ma vieille discipline.
Leur armée est pareille au torrent débordé,
Ne laissant rien debout sur le sol inondé,
Et qui moins orgueilleux le jour après la crue,
Ensablé dans son lit, ne trouve pas d'issue.
J'ai prévu tous les cas, et tous mes plans sont sûrs.
Araspe, au jour tombant, rentrera dans nos murs,
Pour nourrir des tyrans la confiance folle;
Et quand la nuit sera plus épaisse, qu'il vole,
En silence, assaillir le nomade abhorré;
Et moi, par les détours d'un passage ignoré,
Avec ma propre garde, à qui rien ne résiste,
J'attaquerai le camp du Mède à l'improviste.
Anxieux de laver l'échec de mon drapeau,
Comme un lion blessé qui fond sur un troupeau,
Je ferai dans leurs rangs une immense tuerie;
Et Darius dira : C'est le roi d'Assyrie,
Qui d'un seul coup de foudre a vengé son affront.

Araspe attend mon ordre à son camp. Va. Sois prompt.

SCÈNE SIXIÈME.

NABUCHODONOSOR.

O soleil! quand ton char aura repris sa course,
Si l'Euphrate n'est pas remonté vers sa source,
Je serai le plus grand des mortels couronnés,
Ou bien j'aurai rejoint mes preux exterminés.

ACTE QUATRIÈME.

SCÈNE PREMIÈRE.

AMITI, VASTIS.

VASTIS.

De ce réduit sacré la voûte souterraine,
Sous les murs assiégés, débouche dans la plaine
Où campe Darius. Nos soldats harassés
Ne t'apercevront pas. Les postes avancés
Des Mèdes guideront leur princesse à son père.
Qui sait si ton image, à son cœur toujours chère,

Ne vient pas le troubler dans son grand armement?
Pensif et soucieux, sans doute en ce moment
Il veille, il te regrette, et le remords le ronge...
Ou, peut-être, s'il dort, il te voit, dans un songe.
Parmi la soldatesque acharnée à l'assaut.
Que soudain ces accens l'éveillent en sursaut :
Seigneur, reconnais-moi, voici ton ennemie.

AMITI.

Je tremble, et cependant, je me sens affermie,
Par l'amour de mon fils, dans mon pieux dessein.
Les mères bravent tout pour le fruit de leur sein.

VASTIS.

Il est temps de parer au sort qui le menace.
Si les coalisés pénètrent dans la place.
Tes lèvres sur son front viennent de se poser,
Mais crains que ce ne soit pour le dernier baiser.

AMITI.

Laisse avancer la nuit. A l'abri de ses ombres,

Mon père auprès de lui me verra sans encombres;
Mais quelle est donc la voie où ta main me conduit?
On dirait un sépulcre. On n'entend que le bruit
D'un abîme sans fond, où s'engouffre l'Euphrate.
D'où vient cette lueur qui près de nous éclate?

VASTIS.

Passons.

AMITI.

Un doux attrait, triste, mystérieux,
Malgré moi me retient en ces funèbres lieux,
Comme un lien tranché par la mort.

VASTIS.

Tu me navres!
En effet, ce caveau renferme les cadavres
De tes proches parens. Leur trépas, juste ou non,
De tous leurs meurtriers entachera le nom.
Le sang d'un ennemi ne produit rien qui vaille,
S'il n'est pas répandu sur le champ de bataille;

Et lorsque le supplice enfante la pitié,
Une cause perdue est gagnée à moitié...
Son triomphe final peut surgir de ces restes.
Viens, ma fille, fuyons des parages funestes.

AMITI.

Fuyons... Mânes sanglans des princes égorgés,
Mes angoisses sans fin vous ont assez vengés.

SCÈNE DEUXIÈME.

AMITI, VASTIS, NABUCHODONOSOR, Soldats.

NABUCHODONOSOR.

Femme, où vas-tu?

AMITI.

Je vais... aux genoux de mon père,
L'implorer pour la paix.

NABUCHODONOSOR.

Je lui porte la guerre,

La guerre à mort... Et toi, sans avoir nul souci
De ma gloire, tu vas lui demander merci!

AMITI.

Je suis mère...

NABUCHODONOSOR.

Mais reine, en même temps, épouse,
De notre dignité tu dois être jalouse.

Quand ces braves soldats, entourés d'un monceau
De cadavres, seront descendus au tombeau,
Sur les corps mutilés des guerriers du roi mède
Cherche de ton mari la dépouille encor tiède;
Appelle Darius, embrasse ses genoux,
Mais que mon fils, au moins, ne soit pas avec vous.

AMITI.

Cruel, songe aux malheurs que ta fin lui prépare.

VASTIS.

Pense à mes cheveux blancs, à mes larmes, barbare.

AMITI.

Veux-tu donner la mort, pour prix de tant d'amour,
A cette infortunée à qui tu dois le jour?

VASTIS.

Hélas! si ma douleur n'a pu toucher ton âme,
Crains de nouveaux revers qui livreraient ta femme,
La mère de ton fils, l'idole de ton cœur,
A l'atroce risée, aux affronts du vainqueur.

Ma fille, hâte-toi : tandis que tout repose,
Va chercher son enfant, qu'il l'embrasse, et s'il ose
Qu'il aille mettre encor sa fortune en suspens.

NABUCHODONOSOR.

Le pays avant tout. C'est moi qui le défends.

Un souverain se doit à la chose publique.
La patrie en danger est ma famille unique.
Votre faiblesse en vain tente de m'avilir.
Mon honneur est trop haut, on ne peut le salir.
Si pour moi la Victoire est à jamais voilée,
Je n'en irai pas moins au fort de la mêlée.
Les combats inégaux sont les plus glorieux,
Et le malheur certain me rend audacieux.

VASTIS.

O mon fils, tu perdras la couronne et la vie.

NABUCHODONOSOR.

Qu'importe! le pouvoir ne m'a point fait envie,
Si ce n'est pour la gloire. Ai-je employé le temps
Aux plaisirs de la cour, ou dans le bruit des camps?
Ma tente est mon palais. Mon trône, c'est ma selle.
La mort au champ d'honneur me paraît la plus belle.
Adieu.

AMITI.

Parle, ô nature, à son aveuglement.

NABUCHODONOSOR.

Écoute : mon devoir, à mon avénement,
Fut de rompre en visière aux sentimens intimes.
En cela, je conviens que les rois légitimes
(C'est une des vertus de leur noble écusson)
M'ont donné, par ton père, une rude leçon.
Ils savent que leur fille est dans ma capitale,
Et ce parent sans cœur à sa troupe brutale
Désigne mon palais ! Les sauvages lanciers
Des rives de l'Oxus, aux appétits grossiers,
Mêlés, pour l'escalade, à ses Mèdes stupides,
Mesurent nos remparts de leurs regards cupides.
Ils aiguisent le fer, ils préparent le feu,
Riant de ta terreur, dont ils se font un jeu :
Tel est chez Darius l'amour de la famille.

AMITI.

Il n'a point encor vu la douleur de sa fille.

NABUCHODONOSOR.

S'il la voyait, pour toi j'aurais le rouge au front.

VASTIS.

Ce n'est pas Darius, c'est l'univers qui fond
Sur nous. C'est une ligue acharnée, innombrable.
Tu peux t'en assurer, comme les grains de sable
Que roule l'Océan sous ses flots indomptés.

AMITI.

Hélas! que d'ennemis!

NABUCHODONOSOR.

Quand les ai-je comptés?

VASTIS.

Grâce pour ton enfant.

NABUCHODONOSOR.

Si de nous il est digne,

Il aura dans mon nom un héritage insigne.
Ceint de mon auréole, à son tour je le vois,
Une épée à la main, revendiquer ses droits,
Donner un nouveau lustre aux gloires paternelles,
Et pour venger ma mort, rallumer mes querelles.
Que le trône jamais ne le mette en relief,
S'il n'a pas, comme moi, les qualités d'un chef;
Et que plutôt un Dieu compâtissant lui donne
Un paisible foyer au lieu de la couronne.

VASTIS.

La gloire est tout pour toi. Tu n'as pas d'autres Dieux;
Mais qui suivrait ton fils, s'il était malheureux?
La calomnie atteint les faibles, elle accable
De ses traits l'exilé, fût-il irréprochable;
Et l'homme inconséquent n'admire et n'applaudit
Que le sang qui ruisselle et l'or qui resplendit.
Quel que soit ton enfant, en ce monde égoïste,
Sans glaive et sans trésor, saura-t-on qu'il existe?
Et bien que de ton nom l'univers soit rempli,
Les rois, s'ils le pouvaient, le voueraient à l'oubli,
Et s'il ne leur plaît pas d'user de violence,
Ils ont même inventé le complot du silence.

NABUCHODONOSOR.

Le silence à la peur peut être imposé, mais
L'oubli des actions héroïques jamais!
Qu'une main sacrilége arrive qui détruise
Les drapeaux enlevés à l'Asie insoumise,
Ou les livres sacrés, ou les tables d'airain
Qui transmettent l'histoire à notre genre humain,
Pourra-t-elle étouffer les cent voix de tonnerre
De notre renommée assourdissant la terre?
Déjà de l'avenir les mystiques échos,
D'où le germe est enfoui de nos futurs héros,
Au temple de mémoire, éloignent les profanes.
Tant de nobles instincts se feront les organes
De mes intentions dans la postérité,
Qu'il faudra bien qu'on sache enfin la vérité.
La Vérité dira qu'avant que je ne vinsse
Établir que le peuple est au-dessus du prince,
Les meilleurs souverains croyaient avoir raison
De l'exploiter ainsi qu'une bête à toison.
Maintenant, quels que soient leur orgueil et leur rage,
Ils sont, bon gré mal gré, forcés de rendre hommage

A ses droits, et ce n'est qu'en s'en montrant jaloux
Qu'ils peuvent le lever en armes contre nous.
La vérité dira que ces dieux tutélaires
Des franchises d'Asie étaient nos adversaires,
Quand nous ne demandions que d'équitables lois,
Et que nous respections nos voisins et nos rois.
Traîtres l'un envers l'autre, avides parasites,
La vérité dira les traités hypocrites
Qu'ils m'offraient tour à tour, pour ronger les débris
Du repas du lion, qu'ils stipulaient pour prix...

Suspension Sonnerie de trompettes dans le lointain.

Mais les éclats aigus des clairons retentissent.
Il est temps. Mes destins, à la fin, s'accomplissent.
Sachons les affronter, quels que soient leurs décrets.
Soldats, c'est moi qui veux lancer les premiers traits.
En avant! Si quelqu'un hésitait à me suivre,
Là, de ma propre main, il cesserait de vivre.

Sortie à la tête des soldats.

AMITI.

Écoute... arrête.. il part... Seigneur, retiens tes pas...
Je me meurs... je chancelle... ô sort cruel! hélas!

Elle tombe évanouie dans les bras de Vastis.

SCÈNE TROISIÈME.

AMITI, VASTIS, MITRANE derrière la scène.

VASTIS.

O Dieux! si les vertus de cette infortunée
N'obtiennent pas de vous qu'elle soit épargnée,
Jetez sur elle, au moins, un regard indulgent.
Non! jamais on ne vit tableau plus affligeant.
Depuis qu'elle est venue ici, comme une proie
Dévolue au plus fort, sans cesse elle se noie
Dans ses larmes. L'éclat d'un somptueux séjour
Ne l'a pas fait jouir encor d'un seul beau jour.
Elle cédait à peine au doux bonheur de plaire.
Et d'aimer son époux, quand ce foudre de guerre,

Jusqu'alors invincible arbitre des humains,
Vit ses preux succomber sous des climats lointains.
A ce héros du siècle, entré dans sa famille,
Darius aurait dû, pour la dot de sa fille,
Assurer dans le Mède un grand peuple d'amis.
Mais non! le misérable une autre fois s'est mis
A la solde de Tyr, après notre défaite.
Il accuse mon fils, il met à prix sa tête.
Pour cette abandonnée il n'est plus de repos.
Livrée à son insu, les siens, à tout propos,
L'accablent maintenant par d'injustes reproches.
Ah! souvent nos plus fiers ennemis sont nos proches...
Elle reprend ses sens, elle rouvre les yeux.

AMITI.

Où suis-je? Ce n'est pas la cour de mes aïeux...
Mon père, accueille-moi... mais quoi! tu me repousses?..
Pourquoi me refuser tes caresses si douces,
Quand je suis à tes pieds? Voilà donc les présens
Qu'aux ennemis vainqueurs font les rois complaisans?
Mes noces n'étaient donc qu'un honteux stratagème
Imaginé par toi, pour que le rang suprême,

Comme un enjeu qu'on perd, aux nôtres n'échappât.
Je n'étais donc qu'un piége, une embûche, un appât?..
Je le sens... je succombe à cette indigne épreuve...
Non, tu n'es plus mon père... et je vais rester veuve!

VASTIS.

Elle délire.

AMITI.

Enfin, ma crainte a disparu.
Non, mon époux n'est pas tel que je l'avais cru.
De quel attrait nouveau le malheur l'environne!
Souriant, calme et doux, son visage rayonne.
Qu'il est grand dans la lutte!.. et comment réprimer
Les élans de mon cœur, comment ne pas l'aimer?..

Mais que vois-je? grands dieux! quel est ce météore
Qui se rue à travers l'espace qu'il dévore?
Il avance. Il se heurte à tous les élémens.
Il en couvre le bruit sous d'affreux grondemens...
Il plane, et par la voix des ardentes rafales,
Menace l'univers de secousses finales...

L'onde, la terre et l'air se livrent des assauts.
Le sol tremble agité d'effrayans soubresauts.
Un courant ténébreux, et froid comme la glace,
Pénètre tous les corps, frissonnans quand il passe...

Voici le chêne altier qui de ses rameaux verts
Avait prêté l'ombrage à cent peuples divers.
L'aquilon l'a courbé. Tige déracinée,
Ceux qu'il abritait hier ont levé la cognée.
Pour l'égaler au sol, de cette même main
Qui l'avait arrosé de sang, de sang humain!
Pour qu'il grandît encore, et que son vaste dôme
Couvrît leurs attentats, effroi de leur royaume.
Ses branches que son tronc ne verra point vieillir,
Tombent dans les vallons, fiers de les accueillir;
Mais le bétail tondu fait retentir l'espace
D'un bêlement oiseux, les foule aux pieds, et passe...
Où suis-je? Qu'ai-je dit? Qui donc est près de moi?

VASTIS.

Celle qui te chérit, et qui souffre avec toi.

AMITI.

Oh! je te reconnais. Unissons nos prières.
Dieux, épargnez les fils par pitié de leurs mères!..

Mais d'où viennent les cris furibonds que j'entends?..
Regarde : me voici parmi les combattans.
De leur acharnement c'est moi qui suis la cause.
Je veux les apaiser... je cours... je m'interpose...
J'adresse aux deux partis un déchirant appel.
J'arrache son épée aux monstre assez cruel,
Père ou mari, pour voir sans pitié ma détresse...
Je me donne la mort... Mon ombre vengeresse,
Attachée à ses pas, le suivra sans répit.
Elle vouera sa tête et son drapeau maudit
A l'exécration qu'on doit à l'égoïste,
Sourd à la voix des siens, qu'il ravale et contriste...

Et si la force est tout, si le règne des Dieux
Est à jamais passé, nul vainqueur odieux
Ne pourra m'imposer son insultante joie...

Astre sacré du jour, dans ta céleste voie,

O flambeau des mortels, n'arrive pas trop tard;
Hâte, pour les juger, la marche de ton char.
Reparais et suspends ta splendide carrière.
Que les crimes des rois, sous ta vive lumière,
Dérobés à la nuit qui les couvre, aient, au moins,
Juste punition, tes rayons pour témoins.

VASTIS.

Les soldats de mon fils encombrent toute issue,
Il connaît nos projets, notre attente est déçue.
Que demander aux Dieux, si ce n'est de mourir,
Quand on ne peut sauver ceux que l'on doit chérir?

AMITI.

Bélus de son grand prêtre accomplit le présage.

VASTIS.

Mitrane?.. il n'est pas loin, le captif archimage.
C'est ici que quittant ses farouches geôliers,
Il m'honora souvent d'entretiens familiers.

Je priais avec lui, quand le courroux céleste,
Sous les lauriers du jour, nous semblait manifeste.
Ensemble prosternés sur le sol du caveau,
Nos pleurs avaient marqué chaque succès nouveau,
Tandis que les refrains dont Babel est fertile,
Éclataient à la cour et remplissaient la ville.

AMITI.

S'il nous entend, ses vœux arrêteront les coups
Qu'un nuage sanglant tient suspendus sur nous.
Mitrane, à moi!

MITRANE. Derrière la scène :

Qui donc vient secouer ma chaîne?

AMITI.

Quoi! tu ne connais plus les accens de ta reine?

MITRANE.

Reine, ton titre est tel, je le dois à ton rang;
Mais joins-y tous les noms que l'infortune prend.

AMITI.

Favori du Très-Haut, grâce! entends-nous et prie
Qu'il daigne ralentir l'essor de sa furie.
Que son regard divin, s'il s'abaisse sur moi,
Contemple une douleur qui fléchisse sa loi.
Tu nous auras sauvés, et ma reconnaissance,
A l'autel où le Dieu révèle sa puissance,
Par l'encens, la louange et les plus riches dons,
Dira le culte ardent qu'à Bélus nous rendons.

SCÈNE QUATRIÈME.

MITRANE, AMITI, VASTIS.

MITRANE.

Il n'est plus de victime à mes Dieux agréable,
Après tant de méfaits, si ce n'est le coupable.

AMITI.

Hélas! nous t'implorons, et toi, tu nous maudis...
Est-ce la mort du roi, cruel, que tu prédis?

MITRANE.

Attends... mais j'aperçois vaciller son étoile,

Sous un brouillard épais qui s'élève, la voile,
Et la cache à mes yeux... Femme, je ne puis voir
S'il doit quitter la vie ou céder le pouvoir.
Quand Bélus a brisé le fléau qu'il secoue,
Il le jette parfois tout sanglant dans la boue...
Mais un grand capitaine, être mystérieux,
Est-il un châtiment ou l'instrument des Dieux?

AMITI.

Pitié! que leur décret de lui ne me sépare,
Ni de mon jeune enfant, qu'en m'immolant, barbare!

MITRANE.

Que de pauvres enfans, à leur mère arrachés,
Sont dans la sépulture à tout jamais couchés!

VASTIS.

Ils servaient leur pays. Ton reproche est injuste.
Ne nous délaisse point. Prions, pontife auguste.

Le temps presse, et bientôt tous nous aurons péri,
Si le ciel par ta voix n'était pas attendri.

MITRANE.

Vastis, il est trop tard! Ne vois-tu pas les signes
De la chute des grands, spoliateurs indignes
Du patrimoine saint, dont le temple a besoin,
Pour que les nations ne l'asservissent point?
Ma tiare est brisée. A son tour, la couronne
De ton fils va tomber. Pour moi, je lui pardonne...
Mais comment mettre un terme à votre anxiété?
Babel doit expier sa longue impiété.
En vain, elle rugit comme un lion qu'éveille,
Dans son antre, un chasseur... Folle! prête l'oreille:
Entends-tu les fléaux accélérant le vol
Des quadriges de guerre? Aux secousses du sol,
Compte tes ennemis, vengeurs du sacerdoce.
Les peuples égorgés ont surgi de leur fosse.
Chaque goutte de sang vient de produire un dard,
Chaque larme une épée. Impie! il est trop tard!

AMITI.

Prophète, oses-tu bien savourer ta vengeance?

MITRANE.

Je ne suis plus prophète, et l'avenir commence.

VASTIS.

O ma noble patrie ! ô fils idolâtré !

MITRANE.

Voilà donc les lauriers qui t'avaient illustré.
Puissant agitateur ! Ils ne sont que poussière.
Insolent parvenu, ta fortune princière,
Les sceptres usurpés à tant de souverains.
Au souffle de Bélus, échappent à tes mains.
Tu dépeuplas le monde. Un seul jour de désastre.
Après tant de succès, a fait pâlir ton astre.
La déroute est complète, immense. Dieu le veut !..
Écoutez les fuyards crier : Sauve qui peut.

AMITI. Avec égarement, courant çà et là :

Fuir !.. les Assyriens !.. Quelle erreur te possède ?...
Victoire !.. Si l'on fuit, à coup sûr, c'est le Mède...

MITRANE.

Non, du sang du lion son repaire est imbu.
Partons. Viens t'abriter dans ma sainte tribu.
Le calice est tari. Plus de haine. Les mages
Recevront les débris du plus grand des naufrages.

SCÈNE CINQUIÈME.

AMITI, VASTIS, MITRANE, ASPHÈNE.

ASPHÈNE.

Le lâche dieu de Tyr, à la fin, a vaincu.
Mon maître a succombé, bien qu'il ait survécu
A son malheur. Araspe, élevé sous sa tente,
L'a perdu sans retour, par sa coupable entente
Avec les ennemis. Pour être amnistié,
Cet ingrat, à nos plans par nous initié,
Trafique bassement de sa gloire. Il se range
Parmi les noms honnis que l'on couvre de fange.

Le succès couronnait notre premier effort,
Et Darius surpris avait cédé d'abord.

Ses bataillons fuyaient, rompus par la furie,
Que l'univers connaît, des armes d'Assyrie.
Les Scythes devaient être écartés du combat
Par l'attaque d'Araspe ; et ce vil scélérat,
Tandis que nous luttons, et que la mort nous fauche,
Les laisse se masser en force sur la gauche.
Prodige de science, un changement de front,
Hardiment combiné, les refoule et les rompt ;
Mais nous prêtons le flanc en combattant leur horde.
Le Mède sur ses pas revient et nous déborde.
Ce retour offensif, qui nous a ramenés,
Produit la jonction des Scythes ranimés
Par leur nombre croissant... A quoi sert que j'ajoute
D'autres faits au récit de cette triste joute ?
On devine le reste à mon abattement.

Le cliquetis du fer et le piétinement
Des chevaux du désert nous annoncent l'approche
De l'éclaireur nomade et des traits qu'il décoche.
Fuyez. Le roi l'a dit, et son ordre est formel.
Un torrent d'ennemis se répand dans Babel,
Et le palais lui-même est envahi, peut-être.
Ville sacrée, hélas ! le barbare est ton maître !..

Les soldats seuls ont fait jusqu'au bout leur devoir...

Un des soldats assyriens qui surviennent :

Ils le feront toujours, bien qu'ils n'aient plus d'espoir...

VASTIS.

Et je veux vous apprendre, à vous, hommes de guerre,
Que rien ne peut dompter l'audace d'une mère
Aux côtés de son fils...

A Asphène : Tu ne m'arracheras
Que morte de ces lieux!

AMITI.

Mon époux dans mes bras
Serait en sûreté. Si le malheur s'obstine,
Quel meilleur bouclier a-t-il que ma poitrine?

ASPHÈNE.

O femmes! il nous reste une épée et du cœur.
Tantôt nous barrerons le passage au vainqueur.
Il s'agit d'obéir. Laissez parler les armes.

Nabuchodonosor ne veut point de vos larmes.
Partez. L'œil de la femme affadit le combat.

A Mitrane :

Suis-les. Les mages sont de trop quand on se bat.

MITRANE.

La victoire est à Dieu. C'est lui qui la consacre.
Vous ferez sans profit un immense massacre.

AMITI. A Mitrane :

Tu sais prophétiser après coup les malheurs.
Tu tressailles de joie en contemplant mes pleurs.
Prends pitié de mon sort. Pour qu'il te soit propice,
Viens offrir à Bélus mon sang en sacrifice,
Et le rassasier de ma chair en lambeaux.

VASTIS, marchant vers les sépultures :

Morts! nous portons couronne, ouvrez-nous vos tombeaux!

MITRANE.

Arrête. Ta couronne usurpée, ennemie,
Les réveille en tombant sur leur cendre endormie.
L'entends-tu murmurer, en demandant le sang
Que doit bientôt verser un prince de leur rang?

VASTIS.

Aux malheureux la tombe elle-même est fermée!

ASPHÈNE.

A moi, soldats! Le vœu du père de l'armée
Est que vous conduisiez votre reine en lieu sûr.
Entraînez hors d'ici ce vieil eunuque impur.

SCÈNE SIXIÈME.

ASPHÈNE, Soldats débandés qui grossissent toujours.

ASPHÈNE.

Quant à moi, compagnons, le glaive me réclame.
La résignation est le lot de la femme.
Loin de nous la prière et les mages peureux !
Ralliez-vous !

Il dégaine.

Voici le Dieu des valeureux !

La victoire nous fuit. Mérétrice infidèle,
Méprisons ses faveurs. Sachons nous passer d'elle ;
Et pour éterniser nos glorieux débris,
Mourons en éventrant ses nouveaux favoris !

www.ingramcontent.com/pod-product-compliance
Lightning Source LLC
LaVergne TN
LVHW012006220826
846092LV00001B/258